Irmgard Schürgers

Denn sie wissen was sie tun

Kriminalroman

UniScripta Verlag
www.uniscripta.de

Zum Buch

Die Kommissarin Katja Lehmann verbringt einige unbeschwerte Tage mit ihrem Lebensgefährten am Lago Maggiore. Eine Bekannte aus dem benachbarten Ferienhaus, Bettina Kirchhoff, stört diese Idylle. Sie sucht ihren Mann Robert, der ins Ferienhaus fahren wollte, dort aber offenbar nie angekommen ist.

Zurück in Frankfurt erwarten Katja Lehmann neue Herausforderungen. Es gibt eine Tote im Frankfurter Westhafen, im Stadtteil Bergen-Enkheim explodiert das Auto des Arztes Dr. Martin Otto, und im benachbarten Seckbacher Pflegeheim häufen sich merkwürdige Todesfälle bei Alzheimerpatienten. Robert Kirchhoff, Leiter einer dubiosen Arzneimittelstudie der Pharmaindustrie, bleibt verschwunden.

Katja Lehmann erkennt erst spät die Zusammenhänge und das Ausmaß krimineller und menschenverachtender Machenschaften der Verantwortlichen.

Frankfurt, das Tessin sowie die Toscana sind Schauplätze dieser spannenden Geschichte.

Die Autorin Irmgard Schürgers lebt mit ihrer Familie in einem drei-Generationen-Haus am Rande von Frankfurt. Sie ist Botschafterin des Bundesverbandes Initiative 50plus.

Nach ihrem Berufsleben in Werbeagenturen und Verlagen begann sie 2004 an der U3L zu studieren und absolvierte dort mehrere Seminare zu dem Thema „Kreatives Schreiben“. Sie ist Gründungsmitglied und Gesellschafterin des Uni**Scripta** Verlages, der im Herbst 2010 mit neun weiteren Autoren aus der Taufe gehoben wurde.

Im gleichen Jahr erschien ihr erster Kriminalroman KALTHERZ. Zusammen mit ihrem Autorenkollegen Peter Luyendyk schrieb sie den heiteren Kurzgeschichtenband MANN-O-MANN, FRAU-O-FRAU. 2014 wurde ihre Krmigeschichte ENDSTATION ROM in der Anthologie MAIN HAUPTBAHNHOF veröffentlicht.

DENN SIE WISSEN WAS SIE TUN ist der zweite Kriminalroman der Autorin.

Irmgard Schürgers

Denn sie wissen was sie tun

Kriminalroman

UniScripta

1. Auflage
Uni**Scripta** Taschenbuch 2017
edition ullrich

Umschlaggestaltung: Thomas Gessner, Art Director
Umschlagfoto: Irmgard Schürgers
Layout und Satz: Christa Semke-Böhm
Druck und Herstellung: Offset- und Digitaldruck Lindemann, Offenbach/Main
Printed in Germany
ISBN 978-3-942728-21-8
www.uniscripta.de

Für meine Familie

Die Handlung des Romans und seine Schauplätze sind frei erfunden. Ähnlichkeiten mit lebenden oder toten Personen sind rein zufällig.

Das in „Denn sie wissen was sie tun“ beschriebene Experiment an demenzkranken Patienten sowie deren Angehörigen ist in ähnlicher Form tatsächlich passiert. Wie im Buch von Bert Ehgartner* beschrieben, wurde der Versuch von dem Demenzforscher William Molloy, Ontario Kanada, durchgeführt und 2007 in einem Wissenschaftsjournal publiziert.

* Dirty little secret – Die Akte Aluminium, Seite 248 ff

Prolog

Der Flur lag im fahlen Licht der Notbeleuchtung. Leise lief er zum Fahrstuhl. Bloß nirgendwo anstoßen, keinen Lärm machen. Er wagte kaum zu atmen. Sie war so leicht, trotzdem hatte er das Gefühl, keine Luft mehr zu bekommen. Der Fahrstuhl stoppte mit einem leisen Surren, die Tür glitt auseinander. Er drückte *Garage* und wartete mit angehaltenem Atem, bis sich die Tür wieder schloss und der Lift sich in Bewegung setzte. Wenn jetzt jemand zustiege, wäre er verloren. Aber er war sowieso verloren. Unten angekommen, musste er seinen Schlüssel benutzen, damit sich das Gitter öffnete, lärmend und rasselnd, wie ihm schien. Sie würden es hören, irgendjemand würde es mitkriegen. Schweißgebadet schlich er durch das geöffnete Gitter, schaute sich vorsichtig nach beiden Seiten um. Es war niemand zu sehen, alles dunkel, nur auf der anderen Seite vereinzelt Lichter. Er würde nicht mehr lange durchhalten. Jetzt nur noch die Treppe zum Anlegesteg hinunter und ein Boot finden. Sie konnte unmöglich in der Wohnung bleiben. Er fand eins, das nur lose abgedeckt war, zog es näher ans Ufer, ließ sie vorsichtig hineingleiten. Sie verlor einen ihrer Schuhe, er versank langsam im Wasser. Er starrte dem Schuh hinterher.

1

Von der Straße tief unterhalb des kleinen Dorfes drang das Dröhnen vorbeirasender Motorräder herauf. Geräusche, die untrennbar mit den vielen Sommern verbunden waren, die sie an diesem Ort verbracht hatte. Der Wind wehte die Töne der Kirchenglocken von Cannobio herüber und ließ die Blätter der Palmen im Garten rascheln. Katja Lehmann saß in ihrem Liegestuhl und schaute auf den glitzernden See. Sie empfand einen Moment vollkommenen Glücks. Wie oft war sie schon hier gewesen, im Haus ihrer Tante. Immer hatte Katja das Gefühl, alles fiele von ihr ab, wenn sie nach der langen Fahrt aus dem Auto stieg, die Gerüche von würzigen Kräutern in sich aufsog, die schwere eiserne Eingangstür aufschloss, die Steintreppe hinunterlief, die Arme auf den Zaun legte und einen ersten langen Blick über den See gleiten ließ, danach alle Rollläden hochzog, die Fenster aufstieß, Licht und Luft in das Haus strömen ließ und erneut Besitz von allem nahm.

Gerd kam aus dem Haus, beugte sich über sie und küsste sie auf den Mund.

„Was hältst du von Essen?“

„Viel! Hier oder unten am See?“

„Wenn ich den Inhalt des Kühlschranks ansehe, sollten wir uns ein gemütliches Plätzchen bei Mario sichern“, sagte er und zog Katja zu sich hoch, küsste ihren Hals und arbeitete sich langsam bis zu ihrem Ohrläppchen vor. Aus einem Haus oberhalb der Straße klang der Bolero. Sie hatten ihn die letzten Tage öfter gehört. Da musste jemand ein Faible für Ravel haben. Gerd grinste und zog sie langsam mit sich Richtung Tür.

„Ich dachte, du hast Hunger?“

„Hab ich auch.“

Lachend stiegen sie die Treppe in den ersten Stock hinauf und ließen sich aufs Bett fallen. Gerd beugte sich über sie. Sein Gesicht nahm einen konzentrierten Ausdruck an. Seine Hände berührten ihren Körper und sie reagierte augenblicklich. Sein Mund erkundete ihre sensibelsten Bereiche. Sie bog sich ihm entgegen, die Konturen des Zimmers verschwammen. Sie fanden ihren gemeinsamen Rhythmus.

Durch die halb geschlossenen Rollläden tanzten einzelne Sonnenstrahlen durchs Zimmer. Ihre Körper glänzten schweißnass. Gerd ließ sich zufrieden und erschöpft zur Seite fallen. Er zog Katja in seinen Arm und schlief augenblicklich ein.

Das Zimmer war warm. Sie hörte die gedämpften Geräusche der Uferstraße, der Bolero hatte erneut eingesetzt.

Sie löste sich vorsichtig von ihm, streifte sich ein langes Shirt über, band ihre dunklen Haare zum Pferdeschwanz, stieg die Treppen hinunter und ging in den Garten. Die Sonne versank langsam hinter dem Bergmassiv der gegenüberliegenden Seeseite und ließ die Gipfel rosa leuchten. Cannobio lag bereits in tiefem Schatten, der sich den Berg weiter hinaufarbeitete.

Sie atmete tief durch. Die Intensität ihrer Gefühle zu Gerd Reimers überraschte sie immer wieder. Die Zeit mit Jochen, mit dem sie einige Jahre zusammengelebt hatte, verblasste immer mehr. Er hatte kein Verständnis für ihren ersten Fall aufbringen können. Nach dem Wechsel von der Sitte zur Mordkommission hatte sie damals sowieso unter enormem Druck gestanden. Sie ermittelte in einem Wohnheim für geistig behinderte Menschen. Als Jochen sich dann auch noch abfällig über diese Menschen äußerte, konnte sie nicht mehr mit ihm zusammenleben. Gerd Reimers hatte sie damals aufgefangen. Er leitete eine Gruppe in der Werkstatt für geistig behinderte Menschen in Fechenheim. Sie lernte ihn durch ihre Ermittlungen kennen und hatte sofort eine starke Zuneigung zu ihm gefühlt. Es hatte nicht lange gedauert, bis sie ein Paar geworden waren.

Auf dem Nachbargrundstück bewegte sich etwas. Jemand winkte. Das Grundstück war schlecht einzusehen, da ein verwilderter unbebauter Teil mit Büschen und Bäumen zwischen den beiden Ferienhäusern lag, so dass Katja sich anstrengen musste, die winkende Person zu erkennen. Es schien die Besitzerin zu sein. Katja winkte zurück. Sie kannten sich von den diversen Ferienaufenthalten und hatten hin und wieder einen Wein gemeinsam auf deren Terrasse getrunken, von der aus man einen noch schöneren Blick über den See hatte. Das Haus lag wie ihres am Hang, die Terrasse war weit vorgebaut und mit Pfeilern abgestützt. Kein Baum beeinträchtigte die einzigartige Aussicht. Vor der Terrasse fiel das Grundstück steil ab.

Die Nachbarin winkte immer noch. Jetzt rief sie etwas, das Katja nicht verstand. Dann drehte sie sich um und verschwand im Haus. Kurz darauf hörte Katja die Eisentür oberhalb der Eingangstreppe quietschen und die Nachbarin erschien im Türrahmen.

„Darf ich dich einen Moment stören?“, fragte Bettina Kirchhoff.

„Natürlich, komm runter. Das ist ja eine Überraschung. Seit wann seid ihr denn da?“ Katja wäre zehnmal lieber alleine geblieben. Sie duzten sich, obwohl sie Bettina nie als Freundin bezeichnet hätte. Das Du war lediglich ihrer Ferienbekanntschaft geschuldet. Die Männer hatten schnell zum Du gefunden, da hatten die Frauen eben nachgezogen. Die Kirchhoffs kamen ebenfalls aus Frankfurt. Jochen, ihr damaliger Lebensgefährte, war hocherfreut gewesen, sie kennenzulernen, zumal sich herausstellte, dass Bettina Kirchhoff im gleichen Beruf arbeitete wie er. Sie war Redakteurin in einem Verlag für Fachzeitschriften, ihr Mann Robert Kirchhoff Pharmareferent und außerdem, wie Jochen, begeisterter Eintrachtfan. Katja teilte diese Leidenschaft nicht. Sie hasste Fußball.

Bettina sah schlecht aus. Sie war fülliger geworden, die blondierten Haare saßen schlecht, die Haut wirkte fahl trotz Schminke

„Setz dich doch. Kann ich dir was anbieten?"

„Nein, danke."

Bettina machte einen bedrückten Eindruck.

„Habt ihr Robert gesehen?"

Katja schüttelte den Kopf. „Ihr seid doch noch nicht lange da, oder? Ich habe dich ja auch gerade erst entdeckt."

„Nein, ich meine vorher… die letzten Tage…"

„Wie, die letzten Tage? Es war doch alles zu an eurem Haus; alle Läden geschlossen, kein Auto in der Garageneinfahrt. Wann sollen wir Robert denn gesehen haben?"

„Seit wann seid ihr am Lago?", fragte Bettina und schien immer besorgter.

„Wir sind seit einer Woche hier, müssen leider schon morgen oder übermorgen wieder nach Hause. Was ist denn los?"

„Robert ist vor 14 Tagen an den Lago gefahren", begann sie stockend.

„Wir haben ein paar Mal telefoniert. Dann konnte ich ihn plötzlich nicht mehr erreichen. Ich habe mir erst keine Gedanken gemacht, aber nach ein paar Tagen war das Handy noch immer abgeschaltet, und er hat sich nicht mehr bei mir gemeldet. Ein Kollege von ihm hat mich auch schon angerufen. Er sucht ihn ebenfalls. Das kam mir langsam alles seltsam vor. Ich habe mir ein paar Tage Urlaub genommen und bin hierhergefahren. Aber das Haus scheint vollkommen unberührt und nirgends eine Spur von Robert!"

Sie hatte Tränen in den Augen und sah ziemlich ratlos aus.

„Hallo zusammen, wusste gar nicht, dass wir Besuch bekommen haben."

Gerd kam in Shorts durch den Garten und streckte Bettina die Hand entgegen. Jetzt war sie vollends durcheinander.

„Ich habe mich von Jochen getrennt. Hatte ja noch keine Zeit, es dir zu sagen. Das ist Gerd Reimers, wir sind zusammen."

„Oh", sagte Bettina nur und drückte Gerd die Hand.

„Hast du was dagegen, wenn ich Gerd kurz erzähle, was du mir gerade gesagt hast?"

„Nein, nein, erzähl es ihm ruhig." Bettina musterte Gerd unverhohlen.

Katja setzte ihn kurz ins Bild.

„Vielleicht gibt es eine ganz einfache Erklärung", versuchte Gerd sie zu beruhigen. Katja fragte Bettina vorsichtig, ob vor Roberts Abreise alles in Ordnung gewesen sei. Es stellte sich heraus, dass der Haussegen wohl etwas gestört und dies mit ein Grund gewesen war, warum Robert ins Tessin gefahren war. Während ihrer Telefonate sei aber alles wieder in Ordnung gekommen, beteuerte Bettina. Es gäbe also keinen plausiblen Grund, wieso Robert sie hätte anlügen sollen. Es machte sie zusehends fassungslos, dass er offenbar überhaupt nicht im Haus angekommen war.

„Von wo hat er mich denn dann angerufen? Er hat mir das Wetter und die Farbe des Sees beschrieben." Sie zuckte hilflos die Schultern.

„Du bist doch bei der Polizei. Kannst du nichts machen. Vielleicht ist ihm was passiert?"

„Tut mir leid, Bettina, hier in Italien sind mir die Hände gebunden. Aber ich kann dich gerne morgen früh zur örtlichen Polizei begleiten. Vielleicht gibt es einen ganz einfachen Grund, warum Robert seine Reisepläne geändert hat. Da er hier offenbar nicht angekommen ist, wird die Polizei kaum aktiv werden. Eine Vermisstenmeldung solltest du aber auf jeden Fall aufgeben. Habt ihr noch Freunde oder Verwandte im Tessin oder in Italien, zu denen er hätte fahren können?"

„Nein, niemand". Bettina schüttelte den Kopf.

„Was haltet ihr davon, wenn wir zusammen essen gehen?", fragte Gerd.

Ihr vielleicht letzter gemeinsamer Abend. Und den sollte sie jetzt mit einer Frau teilen, die ihr nicht mal besonders nahe stand. Katja hatte nicht die geringste Lust darauf. Aber sie konnte Bettina nicht einfach ihrem Schicksal überlassen. Und Hunger hatte sie mittlerweile auch. Also willigte sie schweren Herzens ein. Bettina hatte gleich freudig zugesagt. Für sie war jetzt alles besser als alleine zu sein.

Sie fanden einen Tisch in ihrer Lieblingstrattoria. Katja bestellte für alle die ausgewählten Gerichte und eine Flasche Chianti dazu. Während ihrer diversen Aufenthalte auf der italienischen Seite des Lago Maggiore hatte sie ihre Italienischkenntnisse erweitert und vertieft und konnte sich mittlerweile recht flüssig in der Landessprache unterhalten.

„Würdest du mir bitte die Speisekarte vorlesen?", neckte Gerd sie. „Ich bin jedes Mal ganz hin und weg, wenn du italienisch sprichst. Ich könnte dir stundenlang zuhören."

Katja wehrte ihn lachend ab und tippte sich an die Stirn. Bettina beobachtete die kleine Szene. Katja fühlte sich unwohl. Sie meinte, einen Anflug von Neid in den Augen der Nachbarin zu entdecken.

Gerd wandte sich Bettina zu und verwickelte sie in eine Unterhaltung über Italien und die großen Kunstschätze des Landes, unter anderem in Florenz. Er war wirklich ein charmanter, angenehmer Unterhalter und schaffte es, dass sich Bettina langsam entspannte. Katja betrachtete ihn und es durchströmte sie warm. Er sah gut aus mit seiner leicht gebräunten Haut, den dunkelblonden Haaren und seinen grauen Augen, die so viel Ruhe und Empathie ausstrahlten. Es wurde letzten Endes ein netter Abend, auch wenn Katja ihn lieber alleine mit Gerd verbracht hätte.

„Katja, Katja…"

Langsam wurde Katja wach und versuchte das Rufen zu orten.

„Ich glaube, deine Freundin steht vor der Tür." Gerd reckte sich und gab ihr einen Kuss. Draußen erklang erneut ihr Name. Katja schaute auf die Uhr, erst halb acht. Nachts verschlossen sie die Eisentür oberhalb der Treppe, die in den Garten und zum Haus führte. Es gab keine Klingel dort oben. Unwillig zog sich Katja schnell ein T-Shirt und ihre Jeans über.

„Verdammt, so früh … Ich habe ihr doch gesagt, dass ich zu ihr komme und sie zur Polizei begleite. Ein Stündchen hätte sie wirklich noch warten können."

Draußen angekommen, rief ihr Bettina zu:

„Hoffentlich habe ich dich nicht aus dem Bett geklingelt. Stell dir vor, Robert hat gerade angerufen. Er ist zuhause!"

Sie war ganz aufgeregt. „Bleib ruhig unten und geh noch mal ins Bett. Ich wollte dir nur schnell Bescheid geben. Ich bin ja so erleichtert."

„Warte, ich mach dir auf", rief sie Bettina zu. Jetzt war sie sowieso wach und wollte gerne genau wissen, wo Robert in der Zwischenzeit gesteckt hatte. Sie gingen gemeinsam zurück in den Garten und setzten sich in die Sonne, die gerade die Bergspitze überwunden hatte und das erste Stück des Gartens erwärmte.

„Das ist ja toll, freut mich sehr für dich. Wo war er denn?", fragte sie Bettina.

„Er war hier, sagt er. Ihr habt vielleicht nicht darauf geachtet. Er war viel unterwegs, und da hat er nicht alle Fensterläden aufgemacht, eben nur den Raum, in dem er sich aufgehalten hat. Das Auto hat er auf dem großen Parkplatz geparkt, da ist es euch wahrscheinlich gar nicht aufgefallen, und gestern ist er dann ganz früh losgefahren. Wir sind also praktisch aneinander vorbeigefahren."

Sie lachte.

„Warum hat er dich so lange nicht angerufen?"

„Ach, sein neues Smartphone hat von Anfang an nicht richtig funktioniert und dann endgültig den Geist aufgegeben. Na ja, und öffentliche Telefonhäuschen gibt es ja kaum noch."

Katja hörte ihr zu und runzelte die Stirn. Aber

Bettina redete weiter und zeigte nicht die Spur eines Zweifels an der ganzen Geschichte. Waren sie so mit ihrer Zweisamkeit beschäftigt gewesen, dass ihr entgangen war, dass das Nachbarhaus bewohnt war?

„Warum ist Robert denn nicht mal bei uns vorbeigekommen?"

„Das habe ich ihn gar nicht gefragt. So lange haben wir uns ja auch nicht unterhalten. Vielleicht wollte er euer junges Glück nicht stören", sagte sie mit einem Unterton, der Katja nicht gefiel.

„Ich danke euch jedenfalls, dass ihr euch so um mich gekümmert habt. Aber ich pack jetzt wieder zusammen und fahre zurück."

„Warum bleibst du nicht noch ein paar Tage, wenn du schon mal hier bist?"

„Dazu habe ich keine Ruhe und die Wetteraussichten sind sowieso schlecht. Ab morgen soll es regnen. Du kennst ja den berühmt-berüchtigten Lago-Regen. Der dauert."

Sie lachte.

„Da fahre ich doch lieber nach Hause und verbringe die restlichen Urlaubstage mit Robert zusammen."

„Hast du auch wieder recht. Wenn ihr beide noch frei habt, könnt ihr es euch ja auch in Frankfurt und Umgebung schön machen."

Die Frauen verabschiedeten sich und Bettina stieg die steile Steintreppe wieder hinauf. Katja schaute ihr nach. Hoffentlich stimmte das, was Bettina ihr erzählt hatte. Na ja, Robert war wieder zuhause und Bettina glücklich und zufrieden.

„Frühstück ist fertig."

Gerd kam mit einem Tablett und zwei Tassen duftenden Milchkaffees heraus. Er setzte sich in den freigewordenen Liegestuhl. Die Sonne hatte jetzt den ganzen Garten erobert. Die ersten Segelboote waren als helle Punkte auf dem glitzernden See erkennbar. Sie nahm den ersten Schluck heißen Kaffee und sah zu Gerd hinüber. Es wurde ihr wieder ganz warm, was nicht ausschließlich am Kaffee lag.

2

Dr. Martin Otto hatte gerade den letzten Patienten verabschiedet. Sein Kollege war schon gegangen, seine drei Arzthelferinnen räumten auf und ließen die Jalousien herunter. Otto freute sich auf den Feierabend. Eva hatte sein Lieblingsessen angekündigt: Dorade mit Kräutern gefüllt und Salat, dazu einen leichten Silvaner aus Rheinhessen. Genau das Richtige für diesen warmen Abend. Sie würden draußen auf dem Balkon essen, wo sie den Blick schweifen lassen konnten über die Dächer von Bergen-Enkheim hinunter bis zum Ried und weiter zum Horizont, wo die schemenhaften Hügel des Odenwalds unmerklich in den Spessart übergingen.

Später wollte er sich seinen Studien widmen. Er hatte sich in die Alzheimerforschung verbissen, seit sein Vater vor zwei Jahren an dieser Krankheit gestorben war und er ihm nicht hatte helfen können.

Schon lange stand Aluminium im Verdacht, nicht nur an dieser Krankheit, sondern an vielen anderen wie Brustkrebs, Autoimmunerkrankungen und Allergien schuld zu sein. Aluminium war heutzutage allgegenwärtig. Wissenschaftler stritten über die Gefährlichkeit des Metalls. Die Europäische Behörde für Lebensmittelsicherheit hatte die Grenzwerte von

Aluminium in der Nahrungsmittelaufnahme drastisch gesenkt, da sie das Metall durchaus für gesundheitsschädlich hielt. Die Aluminiumindustrie investierte dagegen viel Geld, um die Menschheit vom Gegenteil zu überzeugen.

Das Problem war, dass es nach wie vor keine genauen Zahlen und Fakten gab, ab wann Aluminium toxisch wirkte. Anträge zur Erforschung der Gefährlichkeit von Aluminium für den Menschen wurden regelmäßig abgelehnt. Es wurden keine Gelder freigegeben mit dem Argument, Aluminium sei bereits ausreichend erforscht. Die Lobbyisten der Aluminium- und Pharmaindustrie waren sehr rührig. Ihre Vorgehensweise erinnerte Dr. Otto unangenehm an die der Tabakindustrie vor etlichen Jahrzehnten. Es war ein langer zäher Kampf gewesen, bis die Schädlichkeit von Tabak uneingeschränkt zugegeben werden musste.

Das Telefon klingelte. Otto zögerte kurz, dann nahm er das Gespräch an. Eine sich überschlagende Stimme drang an sein Ohr, es dauerte einen Moment, bis er etwas verstand. Frau Hübner, die Frau einer seiner Patienten, war gerade bei ihrem Mann Gerhard Hübner im Seniorenheim, als dieser einen merkwürdigen Anfall bekommen hatte. Die Schwester hatte den Notarzt verständigt. Frau Hübner wusste, dass Dr. Ottos Praxis Luftlinie kaum vier Kilometer vom Heim entfernt lag und flehte ihn an, sofort zu kommen und zu helfen. Was blieb ihm anderes übrig? Vermutlich wäre der Notarzt schon vor ihm da, dann konnte er immer noch nach Hause fahren, der Umweg war nicht groß. Er stieg in sein Auto und fuhr los.

Gerhard Hübner gehörte zu dem Patientenstamm überwiegend Demenzkranker im Seniorenheim „Haus Lohrberg“, den er neben seiner Praxistätigkeit zweimal pro Woche betreute.

Hübner war es in letzter Zeit besser gegangen, wie überhaupt einigen seiner Patienten. Martin Otto sah das trotzdem kritisch. Ein Kollege, der Neurologe Dr. Joachim Linderhaus, verschrieb seit einiger Zeit im Auftrag des Pharmaunternehmens Mondopharm ein neues Medikament. Bisher war es lediglich als Mittel gegen Depressionen zugelassen. Linderhaus testete nun, inwieweit es auch gegen Alzheimer wirkte. Die Patienten oder deren Bevollmächtigte hatten ihr schriftliches Einverständnis zu Tests auf eine erweiterte Indikation gegeben.

Otto hatte beobachtet, dass die Besserung nach diesem Medikament nicht sehr lange anhielt, es dafür aber teilweise bedenkliche Nebenwirkungen mit sich brachte. Manche seiner Patienten wurden unruhiger oder müder als vorher, entwickelten Zuckungen im Gesicht, stöhnten oder froren ständig.

Der Arzt war im Seniorenheim angekommen, auf dem Parkplatz stand ein Notarztwagen. Rasch lief er zum Fahrstuhl, um in den dritten Stock zu gelangen.

Er sah sofort, dass nichts mehr zu machen war. Gerhard Hübner lag völlig verkrümmt auf dem Boden, ein Pfleger kniete neben ihm, der Notarzt prüfte, ob noch Puls oder Atmung vorhanden waren. Verzweifelt weinend kauerte Margarete Hübner auf einem Sessel. Martin Otto legte ihr eine Hand auf die

Schulter. Dann wandte er sich an den Kollegen und erklärte ihm kurz seine Stellung im Haus Lohrberg.

„Todesursache?“, fragte er ihn leise.

„Ich gehe von Herzinfarkt aus. Dem Patienten war schwindlig vorher, er hatte Luftnot, laut Schilderung seiner Ehefrau plötzlich starke Herzschmerzen, Unruhe, kalter Schweiß, alles klare Anzeichen.“

„Sind Sie sicher…?“

Der Pfleger mischte sich ein, er müsse sich um den Toten kümmern.

Martin Otto runzelte die Stirn. Er nahm sich vor, zuhause die Patientendaten von Gerhard Hübner genau durchzugehen. Der Pfleger räumte einige Dinge hin und her und verbreitete Unruhe. Otto fragte sich, wieso er sich nicht einfach zurückzog.

3

Eva Otto hatte den Tisch auf dem Balkon gedeckt und wartete auf ihn. Sie kannte ihren Mann lange genug und wusste, was ihm sein Beruf bedeutete. Sie war es gewohnt, auf ihn zu warten.

Er erzählte ihr während des Essens, was passiert war und sie unterhielten sich noch eine Weile darüber. Dann nahm Otto sein Glas Wein und zog sich in sein Arbeitszimmer zurück.

Der plötzliche Tod Hübners ließ ihm keine Ruhe. Er hatte genug Herzinfarkte – auch tödliche – während seiner Tätigkeit gesehen, aber bei Hübner war etwas anders, ohne dass Otto es hätte konkretisieren können. Er fuhr seinen Computer hoch, der mit der Anlage in seiner Praxis vernetzt war, und rief die Datei seines Patienten auf.

Alle Blutwerte sowie das EKG waren bei der letzten Untersuchung, die noch nicht lange zurücklag, völlig unauffällig gewesen. Als Nächstes nahm er sich die Medikation vor. Es hatte sich nicht viel verändert, lediglich das Alzheimerpräparat, das der Kollege dem Patienten verschrieben hatte, war dazugekommen. Hübner schien zuerst wacher und ruhiger seit der Einnahme, dann hatte er jedoch Gesichtszuckungen bekommen und begonnen, in regelmäßigen kurzen Abständen Stöhngeräusche auszustoßen. Und jetzt das plötzliche Ende.

Die Akte hatte ihm nichts Neues verraten. Otto rieb sich die Augen, nahm sich noch ein Glas Wein, setzte sich damit auf den Balkon und genoss die angenehme Kühle der Nacht. Eva hatte sich schlafen gelegt. Jan kam nach Hause und winkte ihm durch die offene Balkontür zu, bevor er sich in sein Zimmer verzog. Er liebte seinen Sohn, der jetzt schon so erwachsen war und seiner Mutter immer ähnlicher wurde.

4

Die Großstadt hatte sie wieder. Diesmal wusste Katja Lehmann nicht, ob sie sich darüber freuen sollte. Frankfurt konnte sehr schön sein im Sommer, selbst wenn die Temperaturen die 35 Grad langsam überschritten, so wie zurzeit. Sie erinnerte sich an die Fußballweltmeisterschaft 2006. Erst waren ihr die groß aufgemachten Werbeveranstaltungen und Vorankündigungen ziemlich auf die Nerven gegangen und sie hatte sich geschworen, diesem Rummel fernzubleiben. Dann hatte sich Besuch angekündigt und es war ihr nichts anderes übrig geblieben, als ihren Vorsatz zu brechen, weil ihre Gäste Frankfurt im Weltmeisterschaftsfieber erleben wollten. Sie fuhren gemeinsam in die Innenstadt. Es war für sie und ihre Gäste ein unvergesslicher Abend geworden.

Die Luft glühte noch nach an diesem Abend, Menschen der unterschiedlichsten Nationalitäten lachten und schwatzten überall miteinander, am Römerberg spielten Engländer am Gerechtigkeitsbrunnen Ball, warfen mehrere Bälle gleichzeitig über alle Köpfe hinweg. Die Menschen fingen sie auf, gaben sie weiter oder duckten sich lachend darunter hinweg. Die Luft war erfüllt von einer Freude und Verbrüderung, niemand fühlte sich belästigt. Es war, als hätten die Menschen nur darauf gewartet, allen Ballast abzuwerfen und im Hier und Jetzt neugierig wie die Kinder gemeinsam an diesem großen Spiel teilzunehmen. Nichts Nationalistisches trübte die Völker übergreifende Einigkeit während der gesamten Spiele. Es war unglaublich und auch ergreifend.

Seltsam, dass ihr gerade dieser Abend jetzt einfiel. Nach den Tagen im Tessin erschien ihr die Stadt überhitzt und laut, die Luft abgasgeschwängert und die Aussicht auf Arbeit in ihrem kleinen Büro unerträglich. Sie sehnte sich zurück. Das Haus ihrer Tante stand zwar auf italienischem Boden, wenn auch ganz kurz hinter der Grenze, aber für Katja hatte es einen besonderen Reiz, das Wort *Tessin* auszusprechen. Es löste in ihr Assoziationen von Sonne, Wärme, Licht und Leichtigkeit aus.

Katja seufzte. Zu allem Überfluss hatte sie heute Morgen erfahren, dass ihr Kollege Dieter Pfaff einen Motorradunfall gehabt hatte und mit einem komplizierten Beckenbruch im Krankenhaus lag. Er war der Erste gewesen, der sie seinerzeit in der Mordkommission willkommen geheißen hatte. Die Kollegen hatten einen männlichen Mitarbeiter erwartet und eine Weile gebraucht, bis sie *die Neue* akzeptieren konnten.

Sie wollte Pfaff unbedingt mal besuchen. Alles in allem hatte er noch Glück gehabt. Der Unfall hätte schlimmer ausgehen können.

Schöne Aussichten. Mit wem sollte sie jetzt zusammenarbeiten? Mit Horst Fischer sicher nicht. Dieser Schreibtischtäter verschanzte sich lieber hinter seinem Computer. Die Ermittlungen vor Ort überließ er anderen. Mittlerweile kamen sie ganz gut miteinander aus. Fischer war nicht mehr ganz so eckig wie zu Anfang, als sie ihre Männergesellschaft gestört hatte. Mehr konnte sie von ihm wohl nicht erwarten.

Als Katja auf den Parkplatz des Polizeipräsidiums fuhr, hatte sie das Gefühl, Ewigkeiten weg gewesen zu sein. Dabei hatte sie gerade mal zehn Tage Urlaub mit Gerd verbracht. Die Tage waren so intensiv gewesen, dass sie Mühe hatte, wieder in den Alltag zurückzufinden. Sie parkte ihr Auto, atmete noch mal tief durch und ging Richtung Haupteingang.

Akten stapelten sich auf ihrem Schreibtisch. Das Büro kam ihr noch kleiner vor als sonst. Katja blickte sich um und stöhnte.

„Na, schönen Urlaub gehabt?"

Fischer war hereingekommen. Sie tauschten ein paar Belanglosigkeiten aus und Katja erkundigte sich nach dem Gesundheitszustand von Dieter Pfaff. Sein Krankenhausaufenthalt würde länger dauern, aber Genaues wusste Fischer auch nicht.

„Und wie soll das gehen, wenn Dieter so lange ausfällt?"

„Ich werde Sie unterstützen", kam eine kindliche Stimme in diesem Moment von der Tür. Katja schaute sich irritiert um. Ein schmächtiges Mädchen in hautengen Hosen und einer kurzen Lederjacke stand in der Tür und lächelte die Kommissarin an.

Mein Gott, ein Kind, dachte Katja. Sie musterte die schmale Figur entgeistert.

„Sie?“, brachte sie schließlich heraus, „sind Sie denn schon volljährig?“

„Ich heiße Azra Türk und bin 24; um genau zu sein 24 ½ Jahre“, antwortete die junge Kollegin gut gelaunt. Sie war überhaupt nicht irritiert von Katjas Worten. Offenbar passierte ihr so etwas öfter. Sie ging auf sie zu und streckte ihr lächelnd die Hand entgegen. Katja schüttelte sie und stellte fest, dass Azra Türk aus der Nähe etwas älter aussah, was sie keineswegs beruhigte. Mit diesem halben Kind sollte sie also die nächsten Fälle lösen. Na, Prosit! Da hatte sich ihr Chef Burkhardt Stemmler ja was Tolles ausgedacht.

Als hätte die Neue ihre Gedanken erraten, begann sie, Katja ihren Werdegang zu schildern. Sie hatte ihr duales Studium an der Polizeihochschule mit Bestnoten abgeschlossen und ausgezeichnete Beurteilungen während ihrer Praktika erhalten. Katja schaute sie zweifelnd an. Fischer hatte die Szene schweigend beobachtet und verließ jetzt feixend das Zimmer. Er hatte also gewusst, was auf Katja zukommen würde. Innerlich fluchend schaute sie ihm nach. Fischer stieß fast mit Stemmler zusammen, der in diesem Moment mit der Nachricht ins Zimmer kam, dass sie eine Tote im Westhafen hatten.

5

Kleine spitze Wellen tanzten über das Wasser. Das Neubauviertel mit seinen unpersönlichen Hausfassaden in Weiß, Grau und Ziegelrot überspannte ein fast wolkenloser Himmel. Die Balkone und Dachterrassen mit ihren teuren Designermöbeln wirkten wie ausgestorben. Eine merkwürdige Ruhe lag über dem Westhafen, das Viertel wirkte künstlich, der Lärm der Stadt drang nur gedämpft herüber. Die Boote der betuchten Hausbesitzer dümpelten träge vor sich hin. Die meisten waren mit Planen abgedeckt.

Rund um ein tomatenrotes Boot war der Ermittlungsdienst bereits dabei, alles großräumig abzusperren. Ein Fuß im Highheel ragte über den Bootsrand hinaus und schwang im Takt der Wellen hin und her.

„Louboutin…!“, quietsche es hinter Katja. Sie zuckte zusammen und blickte ihre neue Kollegin entgeistert an.

„Der Schuh…“, flüsterte diese.

„Was ist mit dem Schuh?“

„Na, die rote Sohle.“

Katja konnte es nicht glauben, da schaukelte eine Tote im Boot vor ihnen auf und ab und die Neue geriet außer sich, weil das Opfer einen besonderen Schuh am Fuß hatte.

Azra grinste.

„Ich bin absolute Schuhfetischistin. Sorry, aber das ist ein besonders tolles Modell von Louboutin. So nah habe ich es noch nie gesehen.“

Katja verdrehte die Augen. Das konnte ja heiter werden!

Sie streiften sich Ganzkörperanzüge, Plastiküberzüge für die Schuhe sowie Handschuhe über und betraten das schwankende Boot. Die Kollegen bauten ein Zelt auf, das das Boot abdecken und den Tatort vor neugierigen Blicken schützen sollte. Katja beugte sich zu der Toten hinunter. Sie trug ein schmal geschnittenes ärmelloses Sommerkleid in Hellgrün, das vom Saum bis zur Taille wohl vom KDD, dem Kriminaldauerdienst, zwecks Untersuchung aufgeschnitten worden war, und einen zweifellos teuren Slip darunter. Der zweite Fuß war nackt. Sie hatte leicht slawische Gesichtszüge, dunkles langes Haar und war höchstens Anfang 30.

Eine Schönheit, dachte Katja, aber was nützte ihr das jetzt noch? Sie hatte Würgemale am Hals. Dr. Hoffmann traf ein. Sie ging auf den Gerichtsmediziner zu, Hoffmann winkte ab.

„Ich weiß, ich weiß, Sie wolle die Todesursach. Lasse Sie mir wenigstens en Moment Zeit, meine Liebe. Ham‘se Ihr Tochter heut mitgebracht?“

Azra verzog keine Miene

Grinsend streifte er sich ebenfalls die vorgeschriebene Kleidung über und zog danach die Leiche aus. Der Slip, das Kleid sowie der eine Schuh waren ihre einzige Bekleidung. Sie trug keinen BH. Hoffmann drehte sie vorsichtig um. Außer den Würgemalen waren Abschürfungen und ein paar Hämatome erkennbar. Katja hatte in ihrem Leben schon genug nackte Frauen gesehen, tote und lebendige. Selten war ein so makelloser und perfekt geformter Körper darunter gewesen.

Hoffmanns Blick verweilte auch länger auf dem Körper als üblich, schien es Katja.

„So schön und so tot“, seufzte er vor sich hin.

Der Mediziner hatte offenbar seinen lyrischen Tag. Als genügte ihr nicht schon das schuhverrückte Kind an ihrer Seite.

„Also, e erste unverbindliche Diagnose – aber Sie wisse ja…“

„Ich weiß, ich weiß, alles weitere später – also, was meinen Sie?“

„Fundort is net Tatort, sie is nach ihr’m Tod noch bewescht worn, sie is offesischtlisch erwürscht worn. E paar unnerschiedlich ausgepräschte Druckstelle, Abschürfunge, mehr ist für den Anfang werklich net drin. Ich würd‘ sache, sie hat sich wenisch gewehrt, der Angriff kam vielleicht zu überraschend.“

Katja zuckte innerlich bei jedem seiner in breitem Frankfurterisch ausgesprochenen Worte zusammen.

„Todeszeitpunkt?“

„Zwische Middernacht und ein Uhr. Könnt’ sich wesche de warme Temperaturn noch e bissi verschieben, allerdings nur geringfüschisch.“

Katja nahm das Kleid und den Slip in die Hand und schaute sich die Sachen genauer an, während Azra sich andächtig dem Highheel widmete. Das Kleid war von Escada, der Slip von Passionata.

„Nur das Teuerste…“, murmelte Katja vor sich hin.

„Wir müssen herausfinden, wem das Boot gehört, dann machen wir unsere übliche Befragung in der Nachbarschaft, wobei uns Fischer unterstützen muss. Vielleicht sind wir anschließend schlauer. Falls das nichts bringt, dürfen Sie die Schuhläden abklappern.“

„Oh, fahren wir nach Paris?“ Azra grinste, Katja verdrehte die Augen

Sie würde die Zeit überstehen, bis Pfaff wieder einsatzfähig war. Und bis dahin musste sie mit der Kleinen auskommen, brachte ja alles nichts. Vielleicht lernte sie noch was dazu, was Schuhe betraf.

Die Kommissarin schaute die Häuserreihe entlang. Wie war die Tote ins Boot gekommen, wenn sie hier nicht getötet worden war? Die Frau war zwar sehr schlank, sie wog höchstens fünfzig bis fünfundfünfzig Kilo, schätzte Katja, aber auch fünfundfünfzig Kilo trug niemand mal eben von A nach B. Oder war sie vom Wasser her auf das Boot verfrachtet worden? Sie mussten unbedingt die Zugehörigkeiten und Mietverhältnisse der Bootsanleger herausfinden. Gab es direkte Zugänge einzelner Wohnungen zu den Booten?

6

Die schweren Druckmaschinen stampften in gleichmäßigem Rhythmus. Die Fenster der Druckerei standen weit offen. Der Schall traf ungebremst auf die Redaktionsräume, die sich auf der gegenüberliegenden Seite des rechteckigen Verlagshofs befanden.

Wie lange kämpfte der Betriebsrat schon um bessere Arbeitsbedingungen für die Verlagsangestellten. Bettina Kirchhoff wischte sich über die Stirn. Kein Fenster im Haus verfügte über einen wirklich befriedigenden Sonnen- oder Hitzeschutz. Die Plastikrollos innen an den Fenstern verhakten sich meistens beim Herunterlassen, vorausgesetzt, sie funktionierten überhaupt noch, und hingen dann windschief herunter. Die Hitze hielten sie in keinem Fall ab. So rissen die Redaktionsmitglieder der Moderedaktion ab dem frühen Morgen alle Fenster weit auf, um die Kühle des Vormittags einzufangen, bevor die Sonne gegen 13 Uhr hoch am Himmel stand und die Räume endgültig in Brutkammern verwandelte. Den ständigen Lärm der Druckmaschinen mussten sie notgedrungen in Kauf nehmen. Meistens nahm man ihn allerdings kaum noch wahr. Erst wenn die Maschinen gegen Mittag oder Abend heruntergefahren wurden, trat Stille ein, die Bettina jedes Mal aufatmen ließ. Endlich verstummte der Moloch.

Ihr Telefon klingelte.

„Denkst du noch an unser Treffen? Ich geh' schon mal vor ins Betriebsratsbüro. Kommst du dann?"

Um 14 Uhr war eine Betriebsversammlung angesetzt.

„Ich muss noch ein paar Kopien machen. Dann komme ich."

„Ja, aber mach schnell. In zehn Minuten kommen die anderen dazu und ich wollte noch einiges mit dir besprechen."

Vera Becker hatte aufgelegt und Bettina suchte rasch die Unterlagen, die sie kopieren musste, und den Ordner für die Sitzung zusammen. Sie könnte direkt vom Kopierer in ihren Besprechungsraum gehen.

Mist, der Kopierer war besetzt. Eine junge Kollegin schob geistesabwesend Blätter unter den geöffneten Deckel, während eine Zweite ihren Worten kopfschüttelnd lauschte. Als Bettina näher kam, bemerkte sie die verweinten Augen der einen und bekam gerade noch einige Satzfetzen mit über „die beschissenen Männer im allgemeinen" und Frustrationen über ein besonderes Exemplar, das erst seit einem halben Jahr in der Anzeigenabteilung des Verlags arbeitete, aber es während dieser Zeit offenbar geschafft hatte, gleich mehrere Frauenherzen zu brechen.

„Dieser Schuft, der elende, wenn ich das gewusst

hätte…dabei ist er doch so ein Sahneschnittchen“, schluchzte sie und verstummte, als Bettina am Kopierer angekommen war. Dann raffte sie schnell ihre Kopien zusammen und strebte mit der Freundin ihrem Büro zu. Die beiden waren mit dem Thema noch nicht durch. Sie würden es weiter durchhecheln und vermutlich würde sich die junge Kollegin trotz allem noch einige Zeit der Hoffnung hingeben, den Casanova zurückerobern zu können.

Bettina hatte verschiedentlich Kontakt mit Peter Winkler gehabt, der für eine medizinische Zeitschrift im gleichen Haus verantwortlich war. Hin und wieder besuchte er Pharmafirmen, um Anzeigen zu akquirieren oder über Neuerungen in der Branche zu berichten. Ihr Mann Robert und er hatten sich bei einem dieser Termine mal kennengelernt. Robert hatte ihn angesprochen, als er den Verlagsnamen auf seinem Namensschild gelesen hatte. Winkler war ein netter, humorvoller Kollege, der was auf dem Kasten hatte. Er liebte die Frauen, ohne sich für eine so recht entscheiden zu können, da ihm alle Türen offenstanden. Man konnte ihn nicht im eigentlichen Sinne als schönen Mann bezeichnen. Aber er hatte Charme und verstand es, die Frauen um den Finger zu wickeln.

Was soll's. Es war nicht ihr Problem, mit wie vielen Frauen er es trieb oder wer sich mit ihm einließ. Wenn sich die verweinten Augen allerdings häuften, könnte das ein Problem für den Verlag werden und damit auch eins für den Betriebsrat.

Sie musste wieder an Robert denken. Das Thema nagte an ihr. Aber jetzt war keine Zeit zum Grübeln.

Bettina hatte ihre Kopien gemacht und lief die Treppe hinauf zum Betriebsratszimmer. Vera Becker saß bereits an dem alten ausgemusterten Holzschreibtisch, den die Geschäftsleitung für das Betriebsratsbüro zur Verfügung gestellt hatte. Sie hatte vor einiger Zeit den Vorsitz im Betriebsrat angenommen, da die meisten Stimmen bei der letzten Wahl auf sie entfallen waren. Die Leute mochten ihre offene, direkte Art und wussten, dass Vera sich für die Belegschaft engagierte und für jeden ein offenes Ohr hatte.

„Hast du's schon gehört?", fragte Vera.

„Was gehört?"

„Na, das mit deinem Chef."

„Nee, was denn, Mensch, mach's doch nicht so spannend. Hat er goldene Löffel geklaut oder was?"

„Er hat gekündigt!" Vera schaute sie triumphierend an.

„Er hat gekündigt?", fragte Bettina fassungslos. „Wieso das denn?"

Dabei konnte sie sich die Antwort auch gleich selbst geben. Seit der neue Manager Michael Stein eingestellt worden war, der als erste Amtshandlung gleich mal ein halbes Dutzend Leute nach dem Gießkannenprinzip entlassen hatte, herrschte nicht nur Aufruhr in den einzelnen Redaktionen, sondern auch Wut, Enttäuschung und Verständnislosigkeit. Die Entlassenen hinterließen empfindliche Lücken, die die verbliebenen Angestellten nun ausfüllen sollten. Dass dies teilweise unmöglich war, ließ Michael Stein nicht gelten. Darüber hatten in der letzten Zeit hitzige Debatten unter anderem zwischen ihm und

Bettinas Chef Ernst Pflüger stattgefunden. Dass der aber so schnell die Flinte ins Korn werfen würde, hätte sie nie für möglich gehalten. Immerhin hatte er eine Familie, die er versorgen musste.

„Das ist noch längst nicht das Ende der Fahnenstange", begann Vera wieder. „Hier wird es noch gewaltig rumsen! Die Geschäftsleitung tagt schon wieder. Irgendetwas ist im Gange."

„Meinst du, es werden noch mehr Leute entlassen? Aber dann bleiben ja kaum noch genug Mitarbeiter übrig für die viele Arbeit. Es hakt ja schon jetzt an allen Ecken und Enden."

„Ich habe ein ungutes Gefühl. In der Druckerei tut sich was. Es geht das Gerücht um, dass Teile des Verlages verkauft werden sollen."

Bettina schüttelte den Kopf. Wo sollte das alles hinführen? Die Stimmung im Verlag hatte sich in den vergangenen Monaten extrem verschlechtert. Alle bangten um ihre Jobs, niemand wusste genau, wo die Reise hinging. Dass die Firma Geldsorgen hatte, wurde immer offensichtlicher. Aber welche Konsequenzen das letzten Endes für die Angestellten hatte, konnte niemand so richtig einschätzen.

„Wir müssen mit der Geschäftsleitung reden, um mehr Klarheit für uns zu bekommen und den Kollegen möglichst ihre Ängste zu nehmen, dass sie morgen auf der Straße stehen."

„Ja", stimmte ihr Vera zu, „ich bezweifle zwar, dass wir eine ehrliche Antwort bekommen, aber ich will endlich wissen, was hier eigentlich im Gange ist. Sollen noch mehr Mitarbeiter entlassen werden, wollen sie verkaufen oder was wollen sie überhaupt?

Und wir sollten uns jemanden von der Gewerkschaft dazuholen, der uns unterstützt und den Chefs Feuer unterm Hinter macht, wenn sie sich wieder hinter Phrasen verstecken wollen."

Vera hatte sich in Rage geredet. Sie war eine engagierte Betriebsrätin und verstand es, den Kollegen das Gefühl zu geben, dass sie sich für sie einsetzte, nicht vor der Chefetage buckelte oder gar einknickte.

Sie mussten in die Kantine gehen, die Betriebsversammlung würde gleich anfangen. Während Bettina ihre Unterlagen zusammenpackte, grübelte sie vor sich hin. Die paar Tage am Lago Maggiore gingen ihr nicht aus dem Kopf. Ihr Mann war nach Basel in die Zentrale gerufen worden, nachdem sie mit ihm vom Tessin aus telefoniert hatte. Er hatte sie noch mal angerufen, während sie im Auto auf der Heimreise war und versichert, dass sie sich einfach verfehlt hatten. Er sei leider wieder einige Tage geschäftlich unterwegs und würde sich melden. Das hatte er auch getan. Ein kurzer Anruf, er schien in Eile, das war alles.

Der Stachel des Zweifels bohrte stärker in ihr und hatte sich bei Veras vehementen Worten über *ehrliche Antworten* erneut gemeldet. Was, wenn Robert sie belog? Er war so viel unterwegs durch seinen Job, sein stetiger Aufstieg hatte ihnen Wohlstand und Unabhängigkeit gebracht; ein Haus im Museumsviertel von Frankfurt, ein Haus am Lago Maggiore, schöne Reisen… Aber wenn sie ehrlich war, hatten sie sich gleichzeitig aus den Augen verloren. Jeder lebte sein Leben, und wenn Robert zuhause war, schien er mit seinen Gedanken oft meilenweit von ihr entfernt zu sein. Wenn sie ihn darauf ansprach, schob er alles auf seinen Job, er koste eben viel Zeit und Nerven.

So hatte Bettina sich mehr und mehr in ihre eigene Arbeit vertieft und sich auf Bitten Veras für den Betriebsrat aufstellen lassen, als die Wahlen anstanden. Dass ihr die Arbeit so viel Spaß machen würde, hätte sie vorher nicht gedacht. Wenn nur Robert mehr zuhause und ein wenig zugänglicher wäre. Jetzt war er schon wieder etliche Tage unterwegs und hatte sich nicht gemeldet.

„Hey, Bettina, beeile dich, es geht gleich los!“ Vera holte sie in die Gegenwart zurück und Bettina verscheuchte ihre trüben Gedanken.

7

Seckbach brütete in der Mittagshitze, als Dr. Otto die Wilhelmshöher Straße Richtung Innenstadt fuhr. Kurz vor der Atzelbergsiedlung bog er rechts ab und suchte sich einen Parkplatz. Die Ein- bis Zweifamilienhäuser standen in lockerer Reihenfolge. Nach wenigen Schritten hatte er das Haus von Gerhard Hübner erreicht. Dessen Witwe öffnete ihm die Tür und bat ihn herein. Er hatte sich telefonisch angemeldet und Margarethe Hübner gefragt, ob sie sich in der Lage fühle, ihm ein paar Fragen zu beantworten.

Sie wirkte heute einigermaßen gefasst auf ihn, bot ihm einen Kaffee an, dann setzten sie sich ins Wohnzimmer, in dem es angenehm kühl war. Otto sprach Margarethe Hübner erneut sein Beileid aus, sie unterhielten sich über ihren Mann und das schnelle Fortschreiten seiner Demenz, bis der Arzt die Fragen stellte, die ihn beschäftigten.

„Frau Hübner, hat Ihr Mann in letzter Zeit Medikamente bekommen, die nicht in meiner Liste aufgeführt sind und von denen ich eventuell nichts weiß?“

Sie schüttelte den Kopf, bevor sie die Arzneimittel aufzählte, die Otto ihrem Mann selbst verschrieben hatte.

„Sonst nichts?“

„Ja, und dann war da noch das neue Mittel von dem Neurologen, der regelmäßig ins Haus Lohrberg kommt.“

Sie wirkte nervös.

„Der Pfleger hat gemeint, damit hätten sie gute Erfolge erzielt. Und meinem Mann ging es ja auch einige Zeit besser, bis auf die letzte Zeit…, da war er immer so unruhig.“

„Ist Ihnen etwas Ungewöhnliches aufgefallen vor seinem Tod, gab es noch weitere Veränderungen?“

„Nein, was soll mir denn aufgefallen sein?“

Sie wirkte fast ängstlich und begann zu weinen. Otto war irritiert. Sie kannten sich doch schon lange genug. Wieso hatte sie plötzlich diesen ängstlichen Ausdruck in den Augen? War sie so durcheinander durch den Tod ihres Mannes, oder interpretierte er ihren Gesichtsausdruck falsch? Der Arzt versuchte, die Frau wieder zu beruhigen, bedankte sich dann bei ihr und verabschiedete sich. Er musste ihr Zeit lassen. Später würde er sie noch einmal befragen. Sie verschwieg etwas, das spürte er.

Draußen trieb ihm die Hitze den Schweiß aus allen Poren. Das Gespräch hatte ihn nicht weitergebracht.

Seine Mittagspause war fast vorbei. Er würde bei seinem nächsten Besuch im Pflegeheim ein Gespräch mit dem Pfleger oder besser gleich mit der Heimleitung führen. Er hätte die Sache auf sich beruhen lassen können, aber irgendetwas passte nicht zusammen.

Nachdem der Arzt gegangen war, wählte Margarethe Hübner mit fahrigen Händen eine Nummer.

„Unser Hausarzt war hier, kann ich ihm von den Tests erzählen? Er ist doch schon so lange unser Arzt…"

Weiter kam sie nicht. Eine energische Stimme widersprach ihr sofort.

„Sie wissen doch, wie wichtig diese Arbeit ist, und Sie haben sich per Unterschrift zum Schweigen verpflichtet, Sie würden den ganzen Versuch gefährden, halten Sie sich bitte an die Regeln."

Margarethe Hübner wollte noch etwas sagen, aber die Assistentin hatte bereits aufgelegt.

8

Am nächsten Tag machte Dr. Otto seinen Rundgang im Haus Lohrberg besonders gründlich. Er war fast fertig und ganz zufrieden mit seinen Schützlingen. Wie viele Demenzkranke mittlerweile die Altenheime bevölkerten. Die hohe Zahl beschäftigte ihn sehr.

In Gedanken versunken wäre Martin Otto fast an dem Pfleger vorbeigelaufen.

„Ich würde mich gerne einen Augenblick über Herrn Hübner mit Ihnen unterhalten“, sagte er schnell, bevor der Mann ihm wieder entwischen konnte. Der schüttelte jedoch unwillig den Kopf. Aus einem der Räume kam lautes Rufen. Mit einem gemurmelten „Sorry, viel zu tun…“, lief er weiter und verschwand in dem hinteren Zimmer.

Otto war verärgert. Ein paar Minuten hätte der Mann ja wohl erübrigen können. Er kümmerte sich offensichtlich sehr engagiert um die Bewohner, aber besonders kommunikativ war er nicht. Bei seinem nächsten Besuch würde er ihn festnageln, nahm der Arzt sich vor.

Abends war er mit seinem alten Freund Hans Koch verabredet. Sie kannten sich seit dem Studium. Hans hatte sich nach den ersten Semestern Medizin für den Journalismus entschieden. Die Medizin ließ ihn trotz allem nicht los, und so hatte er sich zum Medizinjournalisten weitergebildet, der wegen seiner kritischen Einstellung zu brisanten Medizinthemen und seines umfangreichen Wissens gerne in Talkshows eingeladen wurde. Er konnte komplizierte Themen klar und allgemein verständlich darstellen. Seit längerer Zeit beschäftigte er sich besonders mit der Alzheimerkrankheit, und Martin Otto freute sich auf einen entspannten Abend mit angeregten Gesprächen. Bei ihm zu Hause stapelten sich die Ärzteblätter, die er noch nicht gelesen hatte. Er musste zugeben, dass sein Freund oft besser über aktuelle Nachrichten aus der Medizinwelt informiert war als er. Auch privat hatten sie sich immer was zu erzählen. Hans war geschieden und hatte viel Zeit, die er mit privaten und beruflichen Reisen ausfüllte.

Sie trafen sich in dem Traditionsrestaurant *Schöne Aussicht* in Bergen, da konnte Otto zu Fuß hinlaufen und sie hatten von der großen Terrasse einen noch schöneren Rundum-Blick auf den Stadtteil Bergen-Enkheim, das Enkheimer Ried und vor allem in der Ferne auf die Frankfurter Hochhäuser als von seiner Wohnung aus.

Hans war bereits da und umarmte den Freund herzlich. Sie bestellten sich Bier, eine Kleinigkeit zu essen und tauschten private Neuigkeiten aus. Ottos Sohn hatte Abitur gemacht und stand vor der Entscheidung, für welchen Studienzweig er sich entscheiden sollte. Beide konnten sich noch gut an ihre gemeinsame Zeit an der Uni erinnern und schwelgten eine Weile in Erinnerungen. Dann wollte Hans wissen, was es Neues in Ottos Praxis und bei seinen Schäfchen gäbe, die er im Pflegeheim betreute.

„Weißt du, ich habe das Gefühl, dass sich Alzheimer rasant ausbreitet. Du bist doch der bessere Statistiker von uns beiden, hast du aktuelle Zahlen?“

„Ich habe die neuen Zahlen gerade vor kurzem recherchiert und sie noch einigermaßen im Kopf. Zurzeit leben in Deutschland etwa 1,5 Millionen Demenzkranke, zwei Drittel davon Alzheimer-Patienten. Jahr für Jahr kommen mehr als 300.000 Neuerkrankungen hinzu, laut neuesten Statistiken. Du siehst also, dass dich dein Gefühl keinesfalls trügt.“

Hans war wie immer bestens informiert. Martin Otto wollte das Thema gerne vertiefen. Sein Freund verstand ihn und heute hatten sie ausreichend Zeit zum Fachsimpeln.

„Heute ist doch fast jede Familie irgendwie von der Krankheit betroffen, überall scheint es einen Vater, eine Mutter, eine Oma zu geben, die an Alzheimer leidet. Dass allein das hohe Alter, das die Menschen heute erreichen, Schuld daran trägt, glaube ich einfach nicht. Was ist mit den wesentlich jüngeren Menschen, die es trifft?“

„Du kennst meine Meinung dazu“, sagte Hans Koch. „Aluminium zerstört unser Gehirn. Es wurde in den Gehirnen Verstorbener nachgewiesen. Das Metall hat dort absolut nichts zu suchen.“

„Aber der Zusammenhang von Aluminium und Alzheimer ist kein Thema mehr in der Forschung“, sagte Otto und fuhr fort: „Sollte sich die Vermutung irgendwann tatsächlich bestätigen, dass Aluminium Alzheimer verursacht und die Beteiligten längst gewusst haben, wie gefährlich dieses Metall für den Menschen ist, wäre das ein Riesenskandal."

„Genau", stimmte Koch seinem Freund zu.

„Nimm Asbest oder gewisse Holzschutzmittel, die die Menschheit schwer krank gemacht haben. Es wurde bis zum Schluss alles vertuscht. Die Geschädigten mussten lange kämpfen, bis das Thema in die Medien gelangte, ernst genommen wurde und den Opfern halbwegs Gerechtigkeit widerfuhr. Es hat ewig gedauert, bis die krankmachenden Gifte verboten wurden." Otto schnaubte verächtlich.

Koch nickte. „Du hast recht. Aber mit Risikoforschung in Bezug auf Aluminium ist ja kein Geld zu machen. Da sucht man doch lieber nach einem erfolgreichen Blockbuster, einem Medikament, das hohen Umsatz verspricht. Ein Medikament gegen Alzheimer wäre der Jackpot für jedes Pharmaunternehmen. Das profitable Geschäft mit dem Vergessen will sich keiner entgehen lassen."

„Die Aluminium- und Pharmaindustrie hat es geschafft, das Metall als vollkommen harmlos darzustellen, über das nur unverbesserliche Ignoranten weiterforschen wollen", meinte Dr. Otto resigniert.

„Diese Banausen, wollen uns immer noch vormachen, Aluminium würde vollständig vom Körper ausgeschieden. Dabei ist nicht nur das eindeutig von einzelnen Wissenschaftlern widerlegt worden. Man weiß heute bereits, dass es sich in Knochen und inneren Organen ansammelt und so beispielsweise unser Immunsystem nachhaltig schädigen kann", stimmte Hans Koch ihm zu.

Sie hatten sich die Köpfe heiß geredet und bestellten ein weiteres Bier. Dann fuhr Koch fort:

„Die allerneueste Nachricht kam jetzt von einem italienischen Arzt, der sich ebenfalls seit längerer Zeit der Erforschung von Alzheimer widmet. Stell dir vor, er hat festgestellt, dass Aluminium mit Hilfe unseres Eisenspeichers *Ferritin* sogar die Blut-Hirn-Schranke überwinden kann. Das, was die Pharmaindustrie seit Jahren vehement bestreitet, scheint jetzt erwiesen zu sein!"

Der Journalist lehnte sich zurück.

Otto war wie elektrisiert. Also könnte es tatsächlich möglich sein, dass Aluminium, dieser *Alien,* sich in uns breitmacht, sich im Gehirn ansammelt, es löchrig werden lässt und zur Pest unserer Zeit mutiert, gegen die kein Kraut gewachsen ist.

„Du musst mir unbedingt die Unterlagen dazu weiterleiten. Das interessiert mich brennend. Wie ich dich kenne, wirst du ebenfalls an dem Thema dranbleiben, es beschäftigt dich doch genauso wie mich", sagte er deshalb. Sein Freund erwiderte:

„Ich habe einen jungen Professor in England kennengelernt, der schon sehr lange in diese Richtung forscht und seine Ergebnisse alle zwei Jahre auf einer internationalen Konferenz in London einem interessierten Fachpublikum vorstellt. Die Konferenz steht bald wieder an, was hältst du davon, wenn wir zusammen dorthin fahren und uns das einmal anhören?"

Otto schaute ihn nachdenklich an. Dann grinste er.

„Wenn ich es zeitlich einrichten kann und Eva nichts dagegen hat, dann komme ich mit! Du hast recht, das Thema lässt mich nicht los und ich würde zu gerne selbst daran forschen. Da sollte es doch wenigstens möglich sein, mal aus erster Hand die neuesten Erkenntnisse zu erfahren."

Otto spürte plötzlich ein Hochgefühl in sich. Vielleicht gab es doch in absehbarer Zeit Erkenntnisse, die ein Mittel gegen Alzheimer möglich machen würden, wenn man nur alle Mechanismen besser verstand, die zu der Erkrankung führten.

Sie plauderten noch über alles Mögliche und verabschiedeten sich dann herzlich voneinander. Martin Otto umarmte seinen Freund. Er freute sich auf ihre gemeinsame Reise und war schon jetzt gespannt, was dieser Professor aus England zu berichten haben würde. Und London kannte er auch noch nicht.

9

Sie waren nicht viel weitergekommen. Die attraktive Tote hatte immer noch keinen Namen. Der Bootsbesitzer des roten Bootes kannte sie nicht und war aus allen Wolken gefallen, als die Kripo ihn zu der Getöteten befragt hatte. Auch in der Nachbarschaft hatte niemand etwas bemerkt.

Die Häuser strahlten im Innern eine gewisse Gediegenheit aus, die jedoch nicht einladend, sondern eher einschüchternd wirkte. Katja und Azra hatten sich mit Fischer die Häuserblocks aufgeteilt und befragten die Bewohner. Viele Türen blieben verschlossen. Sie erfuhren, dass zahlreiche Wohnungen offenbar als Zweitwohnung dienten und oft über lange Zeiträume unbewohnt waren. Das machte ihre Ermittlungen nicht gerade leichter. Sie müssten sich wohl doch schon jetzt mit einem Foto der Toten an die Presse wenden. Falls ihr Opfer nur im Westhafen abgelegt worden war, hatten sie sowieso keine Chancen auf Erfolg mit ihren Befragungen. Wer hatte die Fremde ins Boot gelegt? Das Boot war offensichtlich nicht bewegt worden. Mit welchem Geld kleidete sich das Opfer so teuer ein? Geschäftsfrau, Ehefrau, Geliebte, oder was?

„Wer bist du?“, murmelte Katja vor sich hin.

Gegenüber der Mole, an der das Boot lag, gab es eine Segelschule sowie ein Hausboot mit einem Restaurant, das *Émile, ma petite cuisine*. Katja lief hinüber und befragte das Personal. Es war ein reizendes kleines Lokal, das seinem Namen alle Ehre machte. Ein Hauch von Südfrankreich wehte durch die offenen Räume, helle, leichte Möbel, südlich anmutende Accessoires, die Terrasse auf dem Ponton sonnenüberflutet. Die Gäste hatten einen herrlichen Blick auf das meistfotografierte Westhafenpanorama. Ein Paar ließ gerade einen Weißwein öffnen, der in einem eleganten silbernen Kühler gebracht worden war. Katja nahm sich vor, unbedingt mit Gerd einmal den Abend im *Émile* zu verbringen.

Leider hatte auch hier niemand etwas beobachtet, niemand kannte die Tote auf dem Foto. Die Besitzerin gab ihr jedoch die Telefonnummer des Hafenmeisters, der auch die Segelschule betrieb. Die Kommissarin rief ihn an und verabredete sich mit ihm für den nächsten Tag, da er gerade mit seinem Boot unterwegs war.

Mehr konnte sie heute nicht mehr erreichen. Sie traten auf der Stelle. Katja fuhr zurück ins Präsidium. Es gab eine erste Zusammenfassung der Spurenauswertung. An der Kleidung des Opfers waren fremde Fasern sichergestellt worden. Viel war das nicht.

Katja verfasste einen kurzen Bericht und fügte ihn in die Akte ein. Azra und Fischer würden nicht mehr ins Präsidium kommen. Sie waren noch im Westhafen beschäftigt. Und Katja hatte Lust auf ein schönes Abendessen mit Gerd.

Die Luft war stickig und heiß, als sie das Präsidium verließ und zu ihrem Wagen ging. Die meiste Zeit wohnte sie bei Gerd Reimers. Seine Wohnung in Bornheim hatte ihr von Anfang an gefallen. Nach der Trennung von Jochen hatte sie die Wohnung in Bad Vilbel gekündigt und sich eine kleinere am Stadtrand von Frankfurt gemietet. Die Zweizimmerwohnung am Huthpark war einigermaßen geräumig, ruhig gelegen und verfügte sogar über einen kleinen Balkon. Und Katja konnte in zehn Minuten bei Gerd sein. Als sie die knarrenden Holzstufen in dem gepflegten Altbau hinaufstieg, klopfte ihr Herz, vielleicht lag es aber auch an mangelnder Kondition. Ihr Leben hatte sich in relativ kurzer Zeit komplett verändert mit diesem Mann. Katja genoss jeden Augenblick.

Gerd hatte bereits einen Salat gemacht – er aß nicht nur gerne, sondern fühlte sich auch in der Küche wohl und bekochte Katja hin und wieder. Er trug wie meistens bequeme Jeans und T-Shirt. Katja betrachtete seine schlanke durchtrainierte Figur. Ihre Blicke begegneten sich und Gerd lächelte sie liebevoll an. Sie tranken ein kaltes Bier, aßen und redeten über den Tag und beschlossen dann, den Abend in einer der vielen Kneipen auf der Berger Straße ausklingen zu lassen.

Als sie schon an der Tür waren, bekam Gerd einen Anruf. Seiner Mutter ging es nicht gut, sie war ins Krankenhaus eingeliefert worden. Was ihr genau fehlte, konnte die Nachbarin nicht sagen.

Gerd war sehr beunruhigt und beschloss, am nächsten Tag zu seiner Mutter in die Klinik nach

Nordrhein-Westfalen zu fahren. Sie blieben zu Hause, die Lust auf Kneipe war ihnen vergangen.

10

Der Monat hatte heiß begonnen und die Temperaturen stiegen weiter. Sie erreichten fast 40 Grad. Keine leichte Situation für Pflegeheime. Martin Otto absolvierte seine übliche Runde, untersuchte seine Patienten und hielt hier und da ein Schwätzchen, um ihre Reaktionen zu testen. Gefüllte Wassergläser waren ordentlich verteilt, und das Personal schien sich auch darum zu kümmern, dass getrunken wurde. Bei Frau Gaunar, einer Alzheimerpatientin, lag neben dem Glas eine Tablette. Der Arzt wunderte sich. In der Regel wurden die Medikamente direkt von den Pflegekräften verabreicht, die warteten, bis sie alle geschluckt waren.

„Haben Sie die Tablette heute vergessen, Frau Gaunar?“

„Ich brauche keine Tabletten.“

Otto versuchte es erneut.

„Sollen Sie das mit dem Wasser zusammen schlucken?“

Jetzt sah ihn Frau Gaunar an und nickte langsam.

„Wer hat Ihnen das gesagt?“

Die Frau atmete ungleichmäßig, schnappte nach Luft und wirkte unruhig. Ihre Kiefer mahlten unablässig, sie gab ihm keine Antwort. Ihr körperlicher

Zustand gefiel dem Arzt nicht. Er sah sich die Tablette genauer an, konnte sie aber nicht zuordnen. Die verordneten Medikamente kannte er in der Regel, auch wenn sie nicht mehr in der Verpackung waren. Es war eine Marotte von ihm, die er im Lauf der Jahre kultiviert hatte. Er prägte sich Form, Farbe, Größe und Besonderheiten von Tabletten oder Kapseln ein. Es interessierte ihn einfach und er hatte in dieser Hinsicht ein fast fotografisches Gedächtnis.

Diese Tablette kannte er nicht. Sie war nicht identisch mit dem Medikament des Neurologen Linderhaus. Er nahm die Tablette und steckte sie ein. Das Gespräch mit der Heimleitung stand sowieso noch aus.

Erst einmal untersuchte er Frau Gaunar gründlich, konnte aber nichts Auffälliges finden, keine Lungengeräusche, gleichmäßiger Herzschlag, dehydriert schien sie ebenfalls nicht zu sein. Nur diese Unruhe. Und ihre Haut fühlte sich kalt an, als er sie untersuchte. Frau Gaunar griff sich an die Stirn.

„Tut Ihnen der Kopf weh?“

Frau Gaunar reagierte nicht. Otto hatte ein merkwürdiges Gefühl. Die Frau wirkte überhaupt ein bisschen müder als sonst. Er nahm sich vor, die Patientin morgen noch einmal gründlich zu untersuchen.

Im Dienstzimmer gab er Bescheid, dass auf sie besonders zu achten sei. Der Pflegedienstleiter würde erst gegen Abend wiederkommen. Er hieß Bernd Stelter erfuhr der Arzt. Die junge Pflegekraft konnte ihm nicht weiterhelfen, ihr war das Medikament, das Otto ihr zeigte, nicht bekannt. Der Mediziner verließ das Haus und radelte auf dem kürzesten Weg nach Hause.

Am nächsten Morgen erreichte Otto die Nachricht, dass zwei seiner Patienten die Nacht nicht überlebt hatten. Er war wie vor den Kopf gestoßen. Außer Frau Gaunar hatte es einen weiteren Alzheimerpatienten erwischt, der am Vortag keine außergewöhnlichen Krankheitsanzeichen gezeigt hatte.

Nachts hatten beide Heimbewohner plötzlich erbrochen, sie hyperventilierten, litten unter Bewusstseins- und Herzrhythmusstörungen. Gestorben waren sie schließlich an multiplem Organversagen. Der herbeigerufene Notarzt vermutete eine Salmonellenvergiftung oder eine Variante des Norovirus.

11

Der Neurologe Dr. Joachim Linderhaus kam ihm entgegen. Jovial klopfte er ihm leicht auf die Schulter und führte ihn in sein Sprechzimmer.

„Was gibt es denn so Dringendes zu besprechen? Du hast es ja ziemlich eilig am Telefon gemacht."

Es fiel Robert Kirchhoff schwer, einigermaßen ruhig und sachlich zu bleiben. Er befand sich im Ausnahmezustand. Er musste ein paar Fragen klären. Wem konnte er noch trauen? Wer von ihnen hatte über sein Doppelleben Bescheid gewusst? Und was wollte Elena ihm so Dringendes erzählen? Sie hatte verstört geklungen bei ihrem letzten Telefonat.

Hatten sie herausgefunden, dass er zu Cimifuga wechseln wollte? Dass sie ihm ein fantastisches Angebot gemacht hatten, dafür natürlich über die laufenden Tests informiert werden wollten? Wieso starben plötzlich so viele Patienten, die das neue Mittel bekamen? Es geriet alles durcheinander.

„Ich habe gehört, es gibt Todesfälle im Heim. Hat das etwas mit unserem Medikament zu tun?"

Er fiel direkt mit der Tür ins Haus, unfähig, einen ruhigen Ton anzuschlagen.

„Stelter hat ein paar merkwürdige Andeutungen bei meinem letzten Besuch gemacht, als ich ihm die neuen Packungen gebracht habe."

„Reg dich nicht auf, alles ist in Ordnung. Es sterben doch ständig Leute im Altersheim, und es ist heiß, das vertragen viele nicht, zumal sie krank und schwach sind."

Ein Lächeln umspielte Linderhaus' Lippen, das seine Augen nicht erreichte.

„Das genügt mir nicht. Es gab bereits früher Nebenwirkungen bei Tarex. Hast du die Dosis noch weiter erhöht? Das wäre unverantwortlich, sag mir, was los ist."

Er hatte diesem Linderhaus nie getraut. Ein Spieler, vielleicht ein Betrüger, auch ein Mörder…? Wie gut hatte er Elena gekannt?

„Wir stehen reichlich unter Druck, ist dir das überhaupt klar? Du bist ständig unterwegs, wir müssen uns hier was einfallen lassen, das Medikament läuft nicht so, wie wir dachten, das hast du ja wohl mitbekommen."

„Was meinst du damit?"

„Mein Gott, wir haben einen kleinen Extraversuch gestartet. Die Mischung zusammen mit der Hitze ist vielleicht einigen nicht so gut bekommen, das konnte aber nicht geklärt werden."

„Welche Mischung? Bist du verrückt geworden? Spielst du jetzt Gott, oder was?"

„Wir probieren ein paar Sachen aus. Stell dir vor, Mondopharm würde ein Durchbruch bei der Behandlung von Alzheimer gelingen, was uns das bringen würde."

„Eine Mischung, die Menschen umbringt? Du wirst langsam größenwahnsinnig! Von Toten war nie die Rede!“, schrie Kirchhoff erregt.

„Wie viele sind es denn inzwischen? Da spiel ich nicht mehr mit. Wir landen alle im Gefängnis! Nicht mit mir, ich steige aus!“

„Wir landen vor allem im Gefängnis, wenn du weiter so rumschreist. Es ist viel zu spät, um auszusteigen, das ist dir wohl klar? An dich hätte die Polizei vermutlich auch ein paar unangenehme Fragen. Und was hält deine Frau eigentlich so von deinem Lebenswandel?“

„Wie meinst du das? Was weißt du? Wann hast du Elena das letzte Mal gesehen?“

„Lass mich mit deiner kleinen Hure in Ruhe und meine Arbeit weitermachen.“

Kirchhoff erblasste.

„So redest du nicht von dieser Frau!“

„Du hast dich doch in letzter Zeit kaum um etwas gekümmert, warst unterwegs und mit anderen Dingen beschäftigt, die dir offenbar mehr Spaß gemacht haben.“

Kirchhoff ging erregt auf ihn zu.

„Jetzt mal langsam“, versuchte der Neurologe ihn zu beruhigen. „Was willst du eigentlich?“

„Frisierst du die Versuchsunterlagen? Zeig sie mir! Ich will sehen, was ihr den Patienten außer Tarex gegeben habt!“

Die Tür ging auf und Linderhaus‘ Assistentin betrat das Zimmer. Sie legte ihm eine Mappe auf den Schreibtisch und wartete.

„Du siehst, es geht gerade schlecht. Wende dich an Stelter.“

Er begleitete Kirchhoff zur Tür und schob ihn

fast hinaus, dann gab er seiner wartenden Assistentin eine Unterschrift und griff zum Telefon, als er wieder alleine war.

„Ich habe ihn zu dir geschickt. Sieh zu, dass er sich beruhigt, sonst kriegen wir ein Problem!"

Robert Kirchhoff lief aufgewühlt und wütend die Treppen hinunter. Er hatte die Kontrolle verloren. Dieser Spieler! Drohte ihm unverhohlen, wenn er nicht nach seiner Pfeife tanzte. Die Sache lief völlig aus dem Ruder. Das Schlimme war, dass ihm in der Tat keine große Wahl blieb, als weiterzumachen wie bisher. Ihm war klar, dass sie wussten, dass Elena tot war. Er musste nachdenken, musste einen Weg finden aus diesem Dilemma.

12

Es hatte alles so harmlos angefangen. Er verdiente nicht schlecht als Pharmareferent, aber dann war er gierig geworden. Mark Leander, sein Chef bei Mondopharm, den er von Anfang an bewundert hatte, nahm ihn mit auf die großen Partys und Reisen, die nur für den sogenannten engen Kreis, für besonders erfolgreiche Mitarbeiter bestimmt waren. Eine Reise war bis in die Karibik gegangen. Man musste auf der Leiter ziemlich weit oben sein, um eingeladen zu werden. Ärzte und Lobbyisten waren oft mit von der Partie. Man wusste, wer empfänglich für diese Art von Geschenken war und sich bei Bedarf erkenntlich zeigte.

Es gefiel ihm. Die schönen Frauen, das teure Essen, die edlen Weine. Er fühlte sich wichtig, war mit der Elite unterwegs.

Dann hatte er Elena kennengelernt. Es hatte ihn einfach umgehauen. Sie war mit Leander hereingekommen. Der hatte sie einander vorgestellt. Elena war in seinen Augen die schönste Frau, die er je gesehen hatte. Natürlich war ihm klar, dass die Frauen, die auf diesen wilden Partys auftauchten, einem sogenannten Begleitservice angehörten, aber das war ihm egal. Elena Berton strahlte eine natürliche Grazie aus, sie hatte Stil, er konnte den Blick nicht mehr von ihr lassen, er wollte, er musste sie besitzen.

Damit hatte das Unheil seinen Lauf genommen. Er brauchte Geld, viel Geld. Genau in diesem Moment machte ihm Mark Leander, Chef der Abteilung Pharmaceuticals von Mondopharm, ein interessantes Angebot.

Sie wollten ein Medikament testen, das bereits auf dem Markt war, bisher jedoch nur bei Depressionen eingesetzt wurde. Das Pharmaunternehmen suchte ein wirksames Mittel gegen Alzheimer.

Leander hatte ihm erklärt, sie hätten die Dosis bei Tarex, so hieß das Medikament, etwas verändert, es gäbe bereits interessante Ansätze bei Versuchen an Alzheimerpatienten in der Schweiz.

Mondopharm war auf der Jagd nach einem wirksamen Mittel gegen Alzheimer, so, wie viele andere auch in der Branche. Es ging um unendlich viel Geld. Um für Tarex eine Erweiterung der Indikation als Mittel gegen Alzheimer zu bekommen, müsste eine klinische Studie in Auftrag gegeben werden. Diese Studien waren teuer, langwierig und mit ungewissem Ausgang. Mondopharm hatte sich deshalb vorerst zu Tests im sogenannten „off-label-use" entschlossen. Das bedeutete, dass Patienten ein nicht zugelassenes Medikament verabreicht wurde. Sie mussten darüber aufgeklärt werden und zustimmen. Waren die Patienten wegen ihrer Demenz nicht zustimmungsfähig, reichte eine vorab gegebene Zustimmung in ihren Patientenverfügungen aus, selbst wenn feststand, dass die jeweiligen Tests ihnen selbst nicht mehr helfen konnten, sondern sie möglicherweise sogar noch kränker machen würden. Das „off-label-use" war umstritten. Haftungsfragen bei Schädigung der Patienten gestalteten sich oft problematisch.

Kirchhoff wurde beauftragt, einen niedergelassenen Neurologen zu finden, der gegen entsprechend hohes Salär mitmachte. Dieser sollte Parameter seiner Patienten aus der Praxis an Mondopharm liefern und gleichzeitig die Tests an Alzheimerpatienten im Pflegeheim starten und überwachen. Kirchhoff war für den gesamten Ablauf verantwortlich. Er war der inoffizielle Leiter der internen kleinen Studie

Sollten die Versuche erfolgreich verlaufen, würde Mondopharm eine offizielle Studie in Auftrag geben. Die Konzernleitung erhoffte sich für die Zukunft mit diesem Mittel lukrative Chancen am Markt.

Normalerweise las Kirchhoff sich ein, recherchierte alles, was über ein Medikament berichtet wurde, machte sich mit sämtlichen Nebenwirkungen vertraut. In diesem Fall hatte er nicht lange nachgedacht. Die kleine Studie, wie sie es intern nannten, brachte auch ihm hohe Extraeinnahmen, genau das, was er jetzt brauchte.

Den Neurologen mit ins Boot zu holen, war einfach gewesen. Kirchhoff bekam freie Hand über einen gewissen Betrag, mit dem er Dr. Joachim Linderhaus „überzeugen" sollte. Dass dieser viel Geld in Casinos ließ, hatten sie natürlich vorher ermitteln lassen. Kirchhoff hatte leichtes Spiel gehabt, ihn für die Studie zu gewinnen.

Der Dritte im Bunde war Bernd Stelter. Er arbeitete als Dienststellenpfleger im Seniorenheim Haus

Lohrberg, verabreichte den Patienten das neue Medikament und führte die interne Dokumentation, soweit es seinen Bereich betraf.

Details ihrer gemeinsamen Arbeit hatte Robert Kirchhoff erst nach und nach erfahren. Die Dosis wurde bei Tarex extrem erhöht, da es angeblich nur dann gute Ergebnisse brachte.

Dass Patienten im Ausland durch das Medikament gravierende Nebenwirkungen, teils mit Todesfolge, erlitten hatten, erfuhr er erst viel später. Da war es bereits zu spät. Er konnte nicht mehr zurück.

Und jetzt saß er in der Falle! Er sollte eigentlich Linderhaus überwachen, dabei war es Linderhaus, der die Fäden zog und sich dabei nicht in die Karten schauen ließ. Und dieser Bernd Stelter mischte fleißig mit. Ein unangenehmer Bursche. Er kam ihm skrupellos vor, hatte außerdem mehr Macht, als er haben sollte. Linderhaus hatte den Mann für die Studie vorgeschlagen, sie kannten sich von früher.

Sollten die Patienten im Haus Lohrberg an den Nebenwirkungen von Tarex verstorben sein, musste die Studie sofort abgebrochen werden. Das Medikament würde die Zulassung als Alzheimerpräparat auf dem deutschen Markt unter diesen Voraussetzungen niemals bekommen.

Eine zweite Studie. Was sollte das? Was hatte Linderhaus da gefaselt? Es gab offiziell nicht mal eine erste Studie. Was für ein Irrsinn. Oder wollten sie ihm eine Falle stellen? Wussten sie, dass er alles für die Umsiedlung nach Italien vorbereitet hatte? Dass er mit Elena dort ein neues Leben hatte beginnen wollen? Handelte Linderhaus im Alleingang?

Hatte das mit dem letzten Anruf von Elena zu tun? Was hatte sie ihm sagen wollen? Was war so dringend gewesen? Wieso hatte sie es nicht am Telefon sagen können? Hätte er sie retten können?

13

Kirchhoff rief Stelter vom Auto aus an und kündigte sein Kommen an.

„Wieso, was gibt's? Wir haben uns doch erst gesehen."

„Sie haben Unterlagen, die ich noch nicht kenne."

Stelter lachte trocken.

„Wieso reden Sie nicht mit Dr. Linderhaus?"

„Ich komme gerade von ihm. Er hat mich informiert. Ich will alle Details wissen. Es hat Tote im Heim gegeben."

„Hier sterben ständig Leute", antwortete der Pfleger flapsig.

„Ich bin auf dem Weg. Wenn ich ankomme, will ich klare Antworten, was den Leuten verabreicht wurde. Weiß der Chef von euren Versuchen? Wohl kaum."

„Was soll das? Für die meisten ist es doch eine Erlösung, wenn sie sterben."

Kirchhoff ließ hörbar die Luft entweichen, sparte sich jede weitere Antwort.

„Ich bin gleich da. Wir treffen uns in der Cafeteria."

Ohne auf Zustimmung zu warten, beendete Kirchhoff das Gespräch.

Er hatte Haus Lohrberg erreicht, der große Parkplatz brütete in der Sonne, er lief direkt zu dem kleinen Café. Es war leer, Stelter war nirgends zu sehen. Kirchhoff rang mit sich, ob er ihn suchen oder noch einige Minuten warten sollte, als der Pflegedienstleiter um die Ecke bog.

„Herr Stelter, ich will jetzt genau wissen, was hier läuft!“

Kirchhoff war laut geworden, der Pfleger blickte sich um und schob ihn weiter in den Raum.

„Nicht so laut, Mensch, soll hier jeder mithören?“

„Dann reden Sie! Tarex alleine hat schon gefährliche Nebenwirkungen, was bedeutet eine weitere Studie? Was zum Teufel testen Sie da ohne mein Wissen? “

„Mein Gott, wir machen lediglich eine kleine Studie in der Studie, die vielleicht wichtige Erkenntnisse liefert.“

„Glaubt wer?“

„Na Linderhaus.“

„Was für eine Studie, was geben Sie den Patienten, um Himmels willen?“

„Es gibt einen Cocktail, extra für unsere Alzheimerkranken, den stelle ich nach Anweisung von Dr. Linderhaus persönlich zusammen. Keine Angst, die Angehörigen wissen Bescheid und nehmen auch teil.“ Er grinste selbstgefällig.

Robert Kirchhoff war völlig perplex.

„Was für ein Cocktail und was heißt, die Angehörigen nehmen teil?“

„Sie sind die Kontrollgruppe.“

Kirchhoff sah ihn ungläubig an.

„Ihr gebt den Angehörigen ebenfalls Medikamente? Weiß die Heimleitung davon?“

„Die Heimleitung?“

„Die umgehen Sie also auch! Sind Sie noch bei Trost?“

„Mein Gott, was soll’s, wir sind doch fast durch mit unserem Versuch. Außerdem hat unser Neurologe die Zustimmung der Angehörigen. Ist also alles legal.“

Stelter sah ihn herausfordernd an.

Robert Kirchhoff war sprachlos.

„Legal? Sind Sie wahnsinnig? Ihr stellt Medikamente zusammen, deren Wirkung ihr wohl kaum überblicken könnt, macht Tests an Wehrlosen und zieht die Angehörigen noch mit hinein? Was für eine perfide Vorgehensweise. Ihr seid ja krank! Welche Substanz testet ihr?“

„Linderhaus stellt das zusammen, ich führe nur aus“, antwortete Stelter ausweichend.

Kirchhoff griff sich an die Stirn. „Ich will genau wissen, was ihr zusammenmixt, verdammt!“

„Wir machen gerade eine Chelattherapie.“

Der Pharmareferent sah ihn verständnislos an.

„Wieso eine Chelattherapie? Das ist doch ein Medikament zum Ausleiten von Schwermetallen. Was soll das bewirken?“

„Wir versuchen, Aluminium auszuleiten. Es steht ja immerhin im Verdacht, Alzheimer zu verursachen.“

„Ich allein habe zu entscheiden, was getestet wird. Wenn ihr nicht sofort damit aufhört, mach ich euch fertig. Es ist genug passiert, es reicht! Ich werde

Leander unterrichten."

Kirchhoff hatte sich in Rage geredet. Der Konzern konnte unmöglich hinter den Machenschaften dieser zwei Geisteskranken stecken. Niemand würde Tote billigend in Kauf nehmen, um schneller an ein wirksames Mittel gegen Alzheimer zu gelangen.

„Jetzt mal langsam, wir sitzen doch alle im selben Boot."

Stelter hatte eine Flasche mitgebracht, holte ein Glas hinter dem Tresen hervor und bot ihm Wasser an. Kirchhoff nahm das Glas geistesabwesend und trank es in einem Zug aus. Seine Kehle war trocken, nicht nur wegen der Hitze. Dann nahm er Stelter die Flasche ab, goss sich nach und schluckte die Flüssigkeit gierig hinunter. Stelter beobachtete ihn. Er wollte die Flasche wieder nehmen und griff nach ihr. Kirchhoff sah ihn verständnislos an und zog seine Hand zurück. Stelter schien zu überlegen. „Wenn Sie genau wissen wollen, was die Leute kriegen, müssen Sie sich an Linderhaus wenden. Ich bin hier schließlich nur ein kleiner Befehlsempfänger."

Er grinste bei dieser gewollten Untertreibung.

Das Leben der Menschen schien ihn nicht im Geringsten zu interessieren. Ekel stieg in Kirchhoff hoch. Wie hatte er sich je so tief in diesen Sumpf hineinziehen lassen können? Mit was für Individuen musste er sich abgeben?

„Wir sprechen uns noch!"

Die Flasche mit einem Rest Wasser hatte er noch in der Hand, er steckte sie gedankenverloren in seine Aktentasche.

Stelter machte keine Anstalten mehr, sie ihm abzunehmen.

Kirchhoff verließ das Café und ging wieder hinaus in die schwüle Hitze. Linderhaus musste ihm Rede und Antwort stehen. Was gab er sich mit diesem Flegel ab, der eigentlich der Letzte in der Hierarchie war, sich aber total aufführte, als habe er das Sagen.

Als Kirchhoff das Café verlassen hatte, schickte Stelter ihm einen langen hasserfüllten Blick hinterher. Dann wandelte sich sein Gesichtsausdruck. In seine Augen trat eine verschlagene Genugtuung.

Auf der Rückfahrt im Auto ging Kirchhoff das Gespräch nicht aus dem Kopf. Wie war Linderhaus nur auf die Idee gekommen, die Patienten einer Chelattherapie auszusetzen? Sie hatte keinen Sinn, war gefährlich und schwächte die Kranken zusätzlich. Außerdem wurde die Therapie in der Regel nur bei schweren Vergiftungen angewandt… Sein Puls beschleunigte sich, das konnte nicht sein, das würden sie nicht wagen.

14

Otto saß grübelnd vor seinem Computer. Eva brachte ihm sein Weinglas, gab ihm einen Kuss auf die Stirn und ließ ihn allein. Sie hatten sich beim Abendessen über die Todesfälle der letzten Tage unterhalten. Nun waren zwei weitere seiner Patienten gestorben. Das Seniorenheim wurde auf Salmonellen und Viren untersucht, bisher ohne Ergebnis.

Der Arzt rief alle Krankenakten seiner Heimpatienten auf. Wieso betraf es gerade diese Gruppe? In seiner Praxis gab es keine vermehrten Fälle von Salmonellen oder Norovirus-Erkrankungen, die er möglicherweise hätte einschleppen können. Nur die Alzheimerpatienten im Haus Lohrberg waren von diesen mysteriösen Todesfällen betroffen. Keiner von ihnen hatte bei seinen Untersuchungen die typischen Symptome einer Virus- oder Salmonellenerkrankung. Gab es vielleicht eine Medikamentenunverträglichkeit?

Er sah sich die Akten noch mal genau an. Alle waren ebenfalls Patienten des hinzugezogenen Neurologen Dr. Linderhaus gewesen. Er musste unbedingt mit dem Kollegen sprechen. Irgendetwas lief da schief, und Otto fand keine befriedigende Antwort auf seine Fragen.

Auf dem Totenschein hatte der Notarzt als Todesursache Organversagen angekreuzt. Für Otto war die Todesursache ungeklärt. Hätte der Notarzt dieses Feld angekreuzt, wäre die Leiche der Gerichtsmedizin überführt worden und Otto hätte die Möglichkeit gehabt, darauf zu dringen, dass die Leiche obduziert wird. Ohne eine Obduktion tappte der Arzt weiter im Dunkeln, woran seine Patienten gestorben waren.

Am nächsten Morgen rief er bei Dr. Joachim Linderhaus an. Er habe gerade einen Patienten und sei nicht zu erreichen, war die knappe Antwort der Dame am anderen Ende der Leitung. Otto bat um Rückruf des Kollegen und betonte die Dringlichkeit seines Anrufs.

Der Vormittag ging vorbei und nichts geschah. Er konnte sich nicht vorstellen, dass der Neurologe kein Interesse an einer Klärung der Todesfälle haben könnte. Schließlich war er doch genauso betroffen wie Otto oder das Pflegeheim. Nur gemeinsam konnten sie der Sache auf den Grund gehen und hoffentlich eine befriedigende Antwort finden. Vor allem durfte es auf keinen Fall weitere Opfer geben. Er wählte erneut die Nummer des Kollegen. Diesmal wurde er durchgestellt.

Dr. Otto schilderte kurz den Grund seines Anrufes und schlug ein gemeinsames Treffen der Ärzte und der Heimleitung vor.

„Lieber Kollege, das halte ich für ganz und gar überflüssig. Das Mittel gegen Alzheimer ist bestens eingeführt und absolut verträglich. Lesen Sie sich den Beipackzettel durch, da werden Sie nichts finden, das Ihren Verdacht bestätigt, dass mein Mittel etwas mit den Todesfällen zu tun hat."

Sein Ton war herablassend, während er Otto belehrte. Langsam wurde Otto wütend.

„Selbstverständlich bin ich über etwaige Nebenwirkungen informiert. Aber es könnte Kreuzreaktionen oder sonstige Gründe geben, die wir übersehen haben, die den Patienten geschadet haben. Können Sie das etwa vollkommen ausschließen?"

„Das kann ich, lieber Kollege, das kann ich", bekräftigte Linderhaus. „Sie hatten vermutlich eine Salmonellenvergiftung. Die alten Menschen sind eben anfällig. Zusammen mit der Hitzewelle geht so was oft nicht gut aus. Und jetzt entschuldigen Sie mich bitte, ich kann meine Patienten nicht warten lassen. Sie sollten sich auch lieber um die Lebenden als um die Toten kümmern, das wäre wesentlich sinnvoller. Noch einen schönen Tag."

Damit war die Leitung tot.

Otto hielt den Hörer in der Hand, er war fassungslos. Der Neurologe war ihm nach den wenigen Begegnungen im Heim nicht besonders sympathisch gewesen aber das, was er ihm gerade geboten hatte, war der Gipfel. So etwas war ihm noch nie passiert.

Er brauchte eine Weile, bis sich seine Wut legte. Wie konnte sich ein Mediziner nur so verhalten? Wieso zeigte er keinerlei Interesse an einer Zusammenarbeit? Der Mann hatte ihn kalt abgewimmelt, war nicht im Mindesten interessiert gewesen.

Otto hatte eine Hand in der Hosentasche, seine Finger, die er zur Faust geballt hatte, entspannten sich langsam wieder. Sie spielten mit einem kleinen

Gegenstand in der Tasche, bis ihm das bewusst wurde. Der Arzt nahm die Hand aus der Hosentasche und betrachtete die Tablette, die er im Seniorenheim eingesteckt hatte. Plötzlich kam ihm ein ungeheuerlicher Verdacht: Kannte Joachim Linderhaus den wahren Grund, warum diese Menschen hatten sterben müssen?

15

Martin Otto hatte sich erneut mit seinem Freund Hans Koch in der Schönen Aussicht verabredet. Koch hatte gerade einen Vortrag über Südamerika gehört, der ihn stark beschäftigte und von dem er seinem Freund unbedingt erzählen wollte. Otto merkte ihm an, dass er darauf brannte, mit ihm darüber zu diskutieren.

„Du glaubst nicht, welch ein Raubbau dort an der Natur betrieben wird. Und alles für dieses verdammte Aluminium! Noch vor zirka hundert Jahren war Aluminium in seiner jetzigen Form überhaupt nicht verfügbar. Insgesamt sind mehr als tausend aluminiumhaltige Minerale bekannt."

Otto stimmte ihm zu. „Viele wissen gar nicht, dass die Biologie Aluminium nicht kannte, bevor der Mensch vor etwa 120 Jahren begonnen hat, es aus seinen festen Bindungen in der Erde zu befreien."

„Du kannst dir keine Vorstellung über das Ausmaß der Zerstörung der Natur machen, die der Mensch dort anrichtet", begann Hans wieder. „Um das Metall zu gewinnen, müssen sie jedes Jahr ein Gebiet in der Größe von etwa 250 Fußballfeldern kostbaren Regenwaldes roden. In gigantischen Minen werden jährlich mehr als 20 Millionen Tonnen

Bauxit aus der Erde geholt, um daraus in einem aufwändigen Verfahren Aluminium zu gewinnen. Aluminium, aus dem heute vom Kochtopf über das Auto bis hin zur Alufolie fast alles gefertigt wird, das aber auch in unserem Trinkwasser vorkommt, in Kosmetika und letztendlich in Medikamenten und den meisten Impfstoffen. Dabei weiß bis heute kein Mensch, wie und was dieses Element in unserem Körper bewirkt."

Otto konnte ihm nur beipflichten. Er verstand seinen Freund gut.

„Außerdem bleiben im Regenwald riesige Reservoirs mit Giftschlamm übrig, von denen niemand weiß, wie man sie jemals entsorgen kann. Sie vergiften und zerstören eines der letzten Naturparadiese."

Hans spülte sein Bier hinunter, als müsse er sich selbst von dem Gift befreien.

„Aber du wolltest mir doch etwas erzählen?", fragte er. „Schieß mal los."

Otto holte die kleine Tablette aus seiner Tasche und zeigte sie seinem Freund.

„Die habe ich bei einer Patientin gefunden."

„Und was ist daran nicht in Ordnung?"

„Ich weiß es ehrlich gesagt nicht. Ich habe sie jedenfalls nicht verordnet und das Präparat des Neurologen ist es auch nicht. Es ist nur so ein Bauchgefühl, dass mit dieser Tablette etwas nicht stimmt. Du schickst doch deine Sachen regelmäßig ins Labor deines Freundes. Könntest du die Tablette mal auf ihre Wirkstoffe untersuchen lassen?"

„Na klar, kein Problem, mache ich doch gern für dich. Hast du eine konkrete Vermutung, was es sein könnte?“

„Nein, hab ich eben nicht und ich möchte mich nicht lächerlich machen. Am Ende ist es eine simple Kopfschmerztablette oder so was, allerdings müsste ich sie dann eigentlich kennen.“

„Du mit deiner komischen Begabung. Ich kenne niemanden außer dir, der sich Tablettenformen und -farben so genau merken kann.“

Er schmunzelte. „Aber gerade deshalb solltest du auf dein Bauchgefühl hören.“

Hans besah sich die Tablette und steckte sie ein.

„Du hast das Ergebnis so schnell es geht. Aber dir macht doch etwas Sorgen. Was ist los?“

Martin Otto erzählte seinem Freund von seinen verstorbenen Patienten und der merkwürdigen Reaktion des Neurologen Linderhaus.

„Das stinkt zum Himmel! Es macht mich ganz krank, dass ich meine Patienten nicht schützen kann.“

„Jetzt mach dich nicht so verrückt. Vielleicht sind doch nur ein paar negative Ereignisse zusammengekommen, die den alten Menschen zusetzen und für die niemand etwas kann. Die Hitze im Moment macht uns Gesunden ja schon zu schaffen. Stell dir vor, du bist alt und geschwächt. Du weißt doch, dass es dann manchmal ganz schnell geht.“

Otto nickte abwesend. Die Worte seines Freundes überzeugten ihn nicht. Er wusste, dass Hans ihn nur beruhigen wollte.

Sie wechselten das Thema, plauderten noch eine Weile, tranken ihren Wein und verabschiedeten sich dann.

16

Gerd war abgereist. Er hatte sich ein paar Tage Urlaub genommen, da er nicht wusste, wie lange seine Mutter seine Hilfe brauchen würde. Katja war bedrückt. Hoffentlich war es nichts Ernstes.

Wenn sie die Tote aus dem Westhafen nicht identifizieren konnten, mussten sie endlich die Presse einschalten.

Sie fuhr noch einmal zum Westhafen und parkte auf einem der schmalen Parkplätze zwischen den Häuserreihen. In der Speicherstraße gab es einen Rewe-Markt. Katja hatte nichts gefrühstückt und lief schnell hinein, um sich ein Brötchen zu kaufen. Als sie wieder herauskam und die Straße überquerte, um zum Tatort zu gehen, kam sie an einem Wohnstift vorbei. Der verglaste Eingang sah gepflegt und edel aus. Über dem Eingang hing eine kleine Videokamera nebst Schild: *Dieses Haus wird videoüberwacht.*

Katja läutete. Sie musste einen Moment warten und betrachtete ihr Spiegelbild in der Glastür. Die langen dunklen Haare hatte sie zurückgebunden. Sie war kaum geschminkt. Ihre dunklen Augen und Augenbrauen gaben dem schmalen Gesicht genug Kontur. Der Öffner summte und sie ging hinein. Der freundlichen Dame am Empfang zeigte die Kommissarin erst ihren Ausweis und dann ein Bild des Opfers. Die Dame kannte das Opfer nicht. Sie achte hauptsächlich auf die Hausbewohner und deren Wohl und weniger auf Fußgänger draußen vor der Tür, sagte sie der Kommissarin. Letztere kämen nicht so häufig vorbei, da die meisten Leute, die im Westhafen wohnten, überwiegend mit dem Auto oder per Boot unterwegs seien.

Dass man zu Fußgängern in dieser Gegend wenig Vertrauen hatte, zeigte sich an den gut gesicherten Eingängen der Häuser und den hermetisch verriegelten Garagen, die die edlen Karossen der Bewohner beherbergten.

Die Videokamera zeichnete dafür regelmäßig auf und die Bilder wurden einige Zeit gespeichert. Die Rezeptionistin rief den Hausmeister, der mit Katja in den Keller ging und ihr die Bänder der vergangenen 14 Tage aushändigte. Sie würde Fischer die Aufzeichnungen nachher geben und er sollte sie am besten direkt auswerten.

Die Hausbefragungen konnte sie auch mit Azra fortsetzen, die gerade angekommen war. Vermutlich gab es noch mehr Häuser, die videoüberwacht waren. Gemeinsam trafen sie sich mit dem Hafenmeister im *Émile*. Der braungebrannte Mittvierziger stellte sich als Peter Netzer vor und setzte sich zu ihnen an den Tisch. Er bestätigte, dass es in dem gesamten Komplex keine direkten Bootszufahrten gab, die den Besitzern ermöglichten, ungesehen vom Boot in ihre Wohnungen zu gelangen. Die Bootsbesitzer mussten auf jeden Fall einen schmalen Weg überqueren und dann die Treppen hinunter zu ihren Booten nehmen.

Im Winter waren die Treppenabgänge verschlossen. Jetzt im Sommer waren sie manchmal offen, so dass praktisch jeder nahe genug an die Boote herankommen konnte. Katja zeigte dem Hafenmeister das Bild der Toten. Er hatte sie noch nie gesehen. Sie verabschiedeten sich und Katja bat den Hafenmeister, sich bei ihr zu melden, falls ihm noch etwas einfallen sollte.

Wenn die Frau weit entfernt vom Fundort getötet worden war, dann hätte der Täter sie in einem Auto oder in einem anderen Boot transportieren müssen. Entweder der Täter wohnte hier im Westhafen, oder die Frau hatte den Tod in einem anderen Boot gefunden. Der oder die Täter hätten die Tote einfach auf dem roten Boot abladen und weiterfahren können. In diesem Fall konnten sie die Häuser im Westhafen lange abklappern, ohne einen Hinweis auf die Identität der Leiche zu finden.

Katja schüttelte in Gedanken versunken den Kopf. Das ergab alles keinen Sinn. Wäre der Frau auf einem anderen Boot etwas passiert, hätte der Täter sie doch einfach ins Wasser werfen können. Der Täter wollte offenbar nicht, dass sie im Wasser landete. Konnte er den Gedanken nicht ertragen, dass sie als Fischfutter endete?

Fischer rief an und unterbrach ihre Grübeleien. Der Obduktionsbericht sei gekommen. Katja beschloss, ins Büro zurückzufahren. Morgen würden sie das Foto der Toten an die Presse geben. Länger konnten sie nicht warten.

17

Die Dame am Empfang der neurologischen Praxis ließ ihre künstlichen Nägel klackernd auf die Tastatur ihres Computers fallen. Otto hasste die neue Mode mit diesen künstlich angeklebten Nägeln, die den darunter liegenden natürlichen Nagel durch Abfeilen und Kleber total ruinierten. Er hatte einige hässliche Entzündungen behandelt, die durch die Modeerscheinung entstanden waren. Sie warf ihr langes blondiertes Haar zurück und sah den Patienten neben ihm gelangweilt an.

„Ihre Karte bitte."

Der Patient suchte in seinen Taschen, fand aber nichts. Er wurde immer nervöser. Dann hellte sich sein Gesicht auf.

„Ich habe die Karte herausgenommen, weil ich die Jacke gewechselt habe. Kann ich die Karte nachher vorbeibringen, ich wohne nicht weit."

„Ohne Karte keine Behandlung", antwortete die Dame mitleidslos.

„Aber ich bin doch jetzt gleich dran und war schon öfter hier, und nachher kann ich sie sofort vorbeibringen."

„Tut mir leid, wir haben unsere Vorschriften."

Dr. Otto beobachtete die Szene mit wachsendem

Missmut. Was war so schlimm daran, den betagten Patienten erst dranzunehmen und ihn die Karte anschließend holen zu lassen?

„So streng werden Ihre Vorschriften doch nicht sein“, versuchte er zu vermitteln. „Der Patient läuft Ihnen bestimmt nicht weg.“

„Wir machen keine Ausnahmen, mischen Sie sich da bitte nicht ein“, war die kalte Antwort.

Wie konnte jemand so jung und schon so gefühllos sein? Otto wurde langsam sauer.

„Wissen Sie, Vorschriften, die nicht hinterfragt werden, haben unserem Land schon viel Kummer und Leid gebracht. Sind Sie nicht ein bisschen zu jung, um sich hinter Vorschriften zu verstecken, anstatt von Fall zu Fall zu entscheiden?“

Die Augen der Blonden blickten noch kälter und ihre Stimme wurde lauter.

„Das ist Order von unserem Chef, was geht Sie das an? Wie heißen Sie? Haben Sie einen Termin?“

„Ich will Ihren Chef sprechen“, antwortete Otto scharf, „und ich habe nicht viel Zeit, ich bin Dr. Otto, ein Kollege. Melden Sie mich bitte an, es ist dringend!“

„Nehmen Sie Platz“, kam es ungerührt zurück, dann telefonierte sie leise. Den alten Mann, der immer noch am Tresen stand, ignorierte sie.

Nach einiger Zeit kam der Neurologe heraus, die Blonde stand auf, ging ihm entgegen und beide verschwanden hinter einer Tür mit der Aufschrift *PRIVAT*. Dann kamen sie nacheinander wieder heraus. Die Empfangsdame ging an ihren Platz, ihr Chef zurück in sein Behandlungszimmer.

Otto fühlte seinen Blutdruck steigen. Was wurde hier eigentlich gespielt? Er stand auf und war kurz davor, einfach zu dem Arzt hineinzugehen, als dieser herauskam und ihn in sein Zimmer bat. Die Begrüßung war mehr als frostig.

„Na, hat Ihre Angestellte Ihnen ihr Leid geklagt?"

„Wissen Sie, wir haben hier schon ganz schlechte Erfahrungen mit Patienten gemacht, die nicht versichert waren und bei denen wir dann zusehen konnten, wie wir an unser Geld gekommen sind. Seitdem sind wir eben vorsichtiger geworden."

„Aber der Patient da draußen war doch schon öfter bei Ihnen, es ist also bekannt, wo und wie er versichert ist."

„Trotzdem, ich habe diese Vorschriften erlassen und mein Personal hat sich daran zu halten."

Otto fielen genug Gegenargumente ein. Er war jedoch aus einem anderen Grund hier und wollte keine endlosen Debatten führen.

„Ich denke, wir sollten noch mal wegen der Todesfälle im Haus Lohrberg miteinander reden", begann er.

„Da gibt es nichts mehr zu reden", antwortete Joachim Linderhaus barsch.

„Was wollen Sie nur, verrennen Sie sich da nicht in etwas? Es gibt doch regelmäßig etliche Todesfälle in heißen Sommern, was ist denn an den letzten so ungewöhnlich?"

„Dass einiges nicht zusammenpasst, dass die Todesrate so hoch ist, das ist ungewöhnlich! Dass es meinen Patienten kurz vorher noch gut ging, sie dann aber ganz plötzlich gestorben sind und die

Symptome merkwürdig waren. Das alles ist höchst ungewöhnlich, aber das scheint Sie ja nicht im Mindesten zu interessieren oder gar zu beunruhigen. Fragen Sie sich überhaupt nicht, ob das etwas mit Ihrem neuen Medikament zu tun haben könnte?"

Linderhaus versteifte sich.

„Wir haben eine große Gruppe von Patienten, die alle das neue Mittel nehmen und denen es bestens geht. Was bringt Sie zu der absurden Annahme, unser Medikament sei an den Todesfällen schuld? Haben Sie vielleicht schlampig untersucht vorher und können jetzt nicht damit umgehen, dass Ihnen Patienten wegsterben?"

Dem Arzt verschlug es erstmal die Sprache, dann konterte er scharf:

„Sie haben recht, dieses Gespräch hat wirklich keinen Sinn!"

Er drehte sich um und verließ grußlos den Raum. Die Empfangsdame nahm er gar nicht mehr wahr. Er schäumte vor Wut, hämmerte auf der Aufzugstastatur herum, um möglichst schnell an die frische Luft zu kommen. Draußen sprang ihn die Hitze an wie ein böses Tier. Otto fühlte seinen beschleunigten Puls. Er atmete tief durch und versuchte sich zu beruhigen.

Das Seniorenheim rief an und teilte ihm drei weitere Todesfälle mit.

18

Der Obduktionsbericht bestätigte im Großen und Ganzen das vorläufige Untersuchungsergebnis von Dr. Hoffmann. Tod durch Erwürgen. Die Abschürfungen waren vor ihrem Tod, Hämatome teils vor, teils nach dem Tod entstanden, danach vermutlich durch den Transport der Leiche. Hatte es vorher eine Auseinandersetzung und einen Kampf gegeben? Unter den Fingernägeln war fremde DNA gefunden worden.

Beim Weiterlesen runzelte Katja die Stirn. Die unbekannte tote Frau war im zweiten Monat schwanger. Musste sie deshalb sterben? Katja saß an Fischers Platz. Sie ließ ihren Blick schweifen und dachte über die schöne Tote nach. Fischer hatte die Videoüberwachung des Seniorenstifts in den Computer kopiert. Es gab zwar auch andere Häuser mit Videokameras, sie hatten jedoch festgestellt, dass bisher keine mehr darunter waren, die auch die Straße oder den Bürgersteig miteinbezogen.

Katja hatte Fischer versprochen, sich die Filme anzuschauen. Sie rief das Programm auf und ließ die Bilder an sich vorüberziehen. Es tat sich wenig, hin und wieder kam oder ging ein Bewohner des teuren Stifts. In der Regel fuhren die Anwohner vermutlich direkt in die Tiefgarage oder verließen per Auto ihre Wohnstätte. Fußgänger gab es wenige.

Katja dachte an Gerd, der noch bei seiner Mutter war und zu Hause für seine Schwester Marie sorgte. Es gab nach wie vor keine klare Diagnose bei seiner Mutter. Sie hatte allerdings Gedächtnislücken und Katja spürte, dass sich Gerd große Sorgen machte. Wie sollte es weitergehen? Seine Schwester konnte nicht allein leben, sie war geistig behindert. Bis jetzt hatte die Mutter für sie gesorgt. Durch ihre Erkrankung war alles durcheinandergeraten.

Plötzlich stutzte Katja: Da war sie gewesen, das war sie doch. Katja spulte den Film zurück. Tatsächlich, es war ihre Tote, sie sah grazil aus, selbst die körnigen Aufnahmen der einfachen Videokamera zeigten ihre Schönheit. Ein Mann war an ihrer Seite. Katja schaute ihn sich genauer an. Man sah jedoch nur seinen Hinterkopf. Ganz kurz drehte er den Kopf und ein Teil seines Profils war zu sehen. Lässig und teuer gekleidet war er, dunkelblondes Haar, modischer Haarschnitt, sportliches Jackett. Sie vergrößerte den Ausschnitt, ließ die Bilder mehrfach hin- und zurücklaufen. Der Gang des Mannes erinnerte sie an jemanden. Sie ließ die Bilder ganz langsam durchlaufen und stoppte, als der Mann kurz den Kopf drehte. Dann wusste sie, was sie irritierte. Der Mann sah Robert Kirchhoff ähnlich, nur, dass Kirchhoff biederer, älter aussah, sie hatte ihn immer als ein wenig spießig empfunden. Der Mann auf dem Videofilm sah sportlich, elegant und sehr agil aus. Er passte gut zu der Frau. Die beiden gaben ein schönes Paar ab.

Sie schaute sich das Video immer wieder an. Zum Schluss war sie sich ziemlich sicher, dass es Kirchhoff war. Mit verändertem Haarschnitt und moderner Kleidung konnte er es durchaus sein.

19

„Martin, hier ist Hans. Ich habe den Laborbericht über die Tablette, die du mir mitgegeben hast.“

„Und, was ist es?“, fragte Dr. Otto gespannt.

„Ein Chelatbildner!“

„Was?“

„Ja, seltsam, nicht? Kannst du dir erklären, warum einer deiner Patienten so etwas einnimmt?“

„Nein.“

Otto runzelte die Stirn.

„Man setzt es unter anderem zur Entgiftung bei chronischer Metallbelastung ein, das weißt du ja sicher selbst. Aber was hat das bei meiner Patientin für einen Sinn?“

„Hat dieser Linderhaus vielleicht die Tabletten verschrieben?“

„Wozu? Da stimmt doch etwas nicht, findest du nicht auch? Es sind übrigens weitere Patienten gestorben, das macht mich ganz fertig. Es muss einen konkreten Grund geben, ich bin ganz sicher, aber ich weiß nicht, wo ich anfangen soll.“

„Finde es raus, Martin, ich helfe dir, wo ich kann. Wenn du recht hast, dann würde das heißen, dass die Patienten unter einer Vergiftung litten.“

„Aber was sollte das für eine Vergiftung sein?

Und wieso weiß ich nichts davon? Ich werde mich sofort mit der Heimleitung in Verbindung setzen."

„Weiß die Presse, dass es ungewöhnlich viele Sterbefälle in diesem Heim gibt? Oder vielleicht sogar noch in weiteren Heimen?"

„Nein, ich denke nicht."

„Was hältst du davon, wenn ich die Presse informiere, damit die Öffentlichkeit aufmerksam wird? Dann kann sich dieser eingebildete Neurologe nicht mehr hinter fadenscheinigen Argumenten verschanzen."

„Ja, vielleicht… Ich denke, einige der Opfer müssten obduziert werden, damit endlich Klarheit über die Todesursache herrscht. So viele Sterbefälle kurz hintereinander sind nicht mehr normal. Ich habe mir die Statistiken der vergangenen Jahre angesehen. Aber warte noch, lass mir Zeit für weitere Untersuchungen. Am Ende versucht dieser Linderhaus, mir die Schuld in die Schuhe zu schieben. Ich möchte gewappnet sein, wenn die Presse Fragen stellt."

„Gut, das verstehe ich. Gib mir Bescheid, wenn du so weit bist. Ich bin jederzeit für dich da, das weißt du. Allerdings steht noch mal eine kurze Reise zu einer Fernsehproduktion an. Danach habe ich Zeit."

Martin Otto dankte seinem Freund. Er wusste, dass er sich auf ihn verlassen konnte, wenn es darauf ankam.

Sie verabschiedeten sich.

Hans hatte recht. Er musste den Stier bei den Hörnern packen. Kurzentschlossen wählte er die

Nummer des Neurologen. Zu seinem Erstaunen wurde er direkt verbunden. Linderhaus meldete sich mit herablassender Stimme.

„Geben Sie Ihren Patienten Chelatbildner, Herr Kollege?"

Am anderen Ende der Leitung war es einen Moment still.

„Was für Chelatbildner? Was soll der Blödsinn? Was haben Sie sich jetzt schon wieder ausgedacht?"

„Sie haben mich doch verstanden, warum beantworten Sie meine Frage nicht einfach mit ja oder nein?"

„Nein! Und hören Sie endlich auf, mich ständig mit Ihren Vermutungen und Unterstellungen zu belästigen."

Hinter seiner forschen Stimme glaubte Otto das erste Mal Unsicherheit herauszuhören. Er war sich jetzt sicher, dass Linderhaus Dreck am Stecken hatte. So wie dieser Mann reagierte kein Arzt, der etwas auf seinen Stand hielt. Er stellte keine Fragen, er wiegelte nur ab.

„Glauben Sie mir, Kollege, wenn da unsaubere Sachen laufen, dann werde ich es herausfinden und Sie anzeigen!"

„Wollen Sie mir etwa drohen?"

Die letzte Frage blieb unbeantwortet. Dr. Martin Otto hatte bereits aufgelegt.

Linderhaus wählte eine Nummer. „Es gibt Ärger, sorg dafür, dass das aufhört!"

20

Seine lockeren Beziehungen zu diversen jungen Angestellten hatten diese wohl nicht ganz so locker gesehen, und so standen zwei von ihnen heute vor Bettina Kirchhoff und beschwerten sich über Peter Winkler. Sie bezichtigten den Anzeigenleiter der sexuellen Belästigung. Bettina Kirchhoff war sich ziemlich sicher, dass es ein Racheakt der beiden war, da es sich um die jungen Frauen handelte, deren Gespräch sie kürzlich am Kopierer zufällig mitbekommen hatte. Sie nahm die Beschwerde der beiden zur Kenntnis und versicherte ihnen, der Betriebsrat werde sich der Sache annehmen und mit Peter Winkler reden. Die Kolleginnen gingen zurück in ihre Büros.

Jetzt hatten sie den Salat. Wegen solcher Kindereien setzte der Mann seinen Job aufs Spiel. Bettina schüttelte den Kopf. Sie informierte Vera Becker und die anderen Betriebsratsmitglieder. Nach einer kurzen Sitzung waren sie sich einig, dass Bettina mit Winkler reden solle, da sie die Beschwerde entgegengenommen hatte.

Sie hasste solche Gespräche. Sie rief Winkler an und bestellte ihn ins Betriebsratszimmer.

Als er ihr gegenüber saß, redete sie nicht lange um den heißen Brei herum, sondern konfrontierte ihn mit den Beschuldigungen der jungen Frauen. Winkler grinste.

„Das ist doch lächerlich. Ich habe niemanden sexuell belästigt, und Jasmin Herzog schon gar nicht. Da ist wohl ihre Fantasie mit ihr durchgegangen. Und Barbara ist ihre ergebene Freundin, die jeden Blödsinn mitmacht."

„Sexuelle Belästigung ist kein Blödsinn!", entgegnete Bettina scharf.

„Sind Sie sich darüber im Klaren, dass es Sie Ihren Job kosten kann, wenn Sie sich nicht ein bisschen mehr unter Kontrolle haben, und das vor allem als Leiter einer Abteilung? Da sollten Sie Vorbild sein."

„Ach, bei Ihrem Mann scheint Sie das weit weniger zu stören."

Bettina schaute Winkler sprachlos an. In ihrem Kopf begann sich alles zu drehen.

Die Unsicherheit der letzten Zeit, die fehlenden Telefonate, nie konnte sie Robert erreichen. Alles verdichtete sich plötzlich zur Gewissheit: Er betrog sie.

„Wie meinen Sie das?", presste sie heraus.

„Was wissen Sie über meinen Mann?"

Winklers Selbstsicherheit fiel in sich zusammen, als er Bettinas Reaktion sah.

„Das fragen Sie ihn am besten selbst", antwortete er schnell.

„Wir reden ein anderes Mal weiter", flüsterte Bettina.

Winkler verließ schleunigst das Zimmer.

Bettina saß zusammengesunken auf ihrem Stuhl. Was wusste Winkler, was sie nicht wusste? Was trieb ihr Mann? Wo hatte der Kollege ihren Mann getroffen? Sie musste sich erstmal beruhigen, einen klaren Kopf bekommen, dann sollte sie noch mal mit Peter Winkler reden, aber jetzt nicht, jetzt war sie nicht dazu fähig.

21

Der Wecker klingelte. Katja hatte schlecht geschlafen. Seit Tagen pendelte das Thermometer zwischen 37, 38 bis hin zu 40 Grad, nachts fiel es nicht unter 20 Grad. Die Kommissarin schaltete die Kaffeemaschine ein und stieg unter die Dusche. Sie rubbelte gerade ihre dunklen Haare trocken, als das Handy klingelte. Gerd meldete sich. Seiner Mutter ging es etwas besser, aber es gab noch keine klare Diagnose.

„Ich werde morgen nach Hause kommen."

Katja freute sich, er fehlte ihr.

„Ich werde allerdings nicht alleine kommen", begann er zögernd. „Es geht meiner Mutter zwar besser, aber noch längst nicht gut genug, um sich wieder um meine Schwester kümmern zu können. Ich bringe sie mit, sie wird eine Zeitlang bei mir wohnen." Er schwieg

„Und wo ist das Problem?"

„Das werden wir dann sehen."

Sie hörte Gerd leise lachen.

„Du weißt doch, ich bin Expertin auf diesem Gebiet. Mein letzter Fall, schon vergessen?"

„Ich liebe dich, bis morgen."

Gerd hatte aufgelegt. Katja blieb ein wenig ratlos zurück. Sie hatte ihm unbeschwert geantwortet, eine

Unbeschwertheit, die sie eigentlich nicht fühlte. Sie musste ihn also teilen. Für wie lange? Wie käme sie mit der jungen Frau zurecht? Würde sie seiner Schwester gerecht werden, oder sollte sie sich lieber für eine Weile zurückziehen?

Ihr erster Fall damals hatte sie mit geistig behinderten Menschen in deren Wohnheim zusammengeführt. Sie hatte viel gelernt, auch über sich. Und sie hatte Gerd Reimers kennengelernt. Seine Arbeit mit den geistig behinderten Menschen in den Praunheimer Werkstätten machte ihm viel Freude, er war der Richtige für diesen Job, hatte das nötige Einfühlungsvermögen.

Katja fluchte leise vor sich hin. Wieso gestaltete sich alles so schwierig? Ihr Kollege im Krankenhaus. Ein halbes Kind an ihrer Seite, über dessen Fähigkeiten sie sich noch keine klare Meinung bilden konnte, und jetzt Gerd, der sich um seine Schwester Marie kümmern musste, die sie nicht kannte, von der sie nichts wusste, außer, dass sie geistig behindert war und normalerweise bei der Mutter lebte. Sie musste abwarten, wie sich alles entwickelte. Aber Geduld war nicht immer ihre Sache.

Die Kommissarin zog sich an. Sie wollte später Bettina Kirchhoff aufsuchen und ihren Mann befragen, ob er etwas mit der schönen Toten zu tun hatte. Die Ähnlichkeit auf dem Video ließ ihr keine Ruhe. Mit einer kurzen Befragung könnte sie wenigstens dieses Problem schnell lösen.

Sie drückte zweimal die Espresso-Taste. Das Mahlwerk setzte sich rasselnd in Gang. Erst einmal brauchte sie einen starken Kaffee.

22

Die Landschaft zog draußen vorbei, ohne dass er irgendetwas wahrnahm. Er hatte das Auto in der Tiefgarage im Westhafen gelassen. Basel war angenehmer mit der Bahn zu erreichen. Es war noch nicht lange her, dass er mit Elena die Strecke gefahren war, ihr den Lago Maggiore gezeigt hatte, Lugano, Como, all die schönen oberitalienischen Seen mit den faszinierenden Städten voller Leben und den teils prachtvollen Bauwerken, sie hatte alles in sich aufgesogen, war begeistert von diesem malerischen Landstrich.

Seine Finger lagen auf dem Laptop, bereit den Anweisungen seines Gehirns zu folgen und ihren Dienst wieder aufzunehmen. Aber sein Gehirn war mit ganz anderen Dingen beschäftigt, seine Gedanken ruhelos, zerfasert, ungeordnet. Es ging ihm nicht gut. Er hatte Knochenschmerzen. Dieses unvorhergesehene Meeting beunruhigte ihn, meistens gab es kurze Infos über Thema und Zielsetzung, diesmal fehlte beides. Sicher, auch das war schon vorgekommen, allerdings selten.

Wussten sie, dass er aussteigen wollte, schon Verhandlungen geführt hatte, Verrat üben würde? Dass Cimifura Kopien sämtlicher Studienunterlagen über Tarex verlangte als Grundbedingung seiner Einstellung? Oder ging es um die Experimente von Linderhaus und Stelter? Ging es gar nicht um ihn?

Mit welchen Substanzen experimentierten die beiden? Er musste Genaueres wissen, sonst ging das Ganze noch nach hinten los. Seine Arbeit war viel zu kurz gekommen, er hatte seine Zeit lieber mit Elena verbracht. Die Ereignisse in Frankfurt überrollten ihn nun und er musste handeln.

Er wusste doch schon seit geraumer Zeit, dass er so nicht weitermachen konnte, sein altes Leben hinter sich lassen musste. Er hatte es mit Elena ändern, langsam den Ausstieg vorbereiten wollen, jetzt lief alles aus dem Ruder. Zogen sie ihn zur Verantwortung, wollten sie seinen Kopf?

Wie leicht war es am Anfang gewesen, Linderhaus zu überzeugen. Gierig wie der Mann war, witterte er eine unerschöpfliche Quelle, die es ihm ermöglichen würde, ungehemmt seiner Spielsucht nachzugehen. Wie skrupellos dieser Neurologe agierte, wurde immer offensichtlicher. Es war ein großer Fehler gewesen, ihn mit ins Boot zu holen.

Wie hatte er nur so naiv sein können? Die Gelder, die flossen, und die ihm sein Doppelleben möglich gemacht hatten, hatte er doch auch gerne genommen. Wie ein Rausch war es über ihn gekommen, als er Elena kennengelernt hatte. Schnell warf er alles über Bord, was sein Leben bis dahin ausgemacht hatte. Er war befördert worden, es gab Reisen in teure Hotels, unzählige Partys.

Sein ungutes Gefühl ignorierte er. Er war auf der Überholspur. Das war das wahre Leben, nicht das

Vor-sich-hin-Dümpeln, das tägliche Einerlei, das keine Überraschungen mehr für ihn bereitzuhalten schien.

Aber jetzt war plötzlich alles anders. Er war zum Risiko geworden und es hatte Tote gegeben. War auch Elena für sie zum Risiko geworden?

Kirchhoff begann zu schwitzen. Was hatte er noch zu verlieren? Nach diesem großen Verlust?

Vielleicht ging es um etwas ganz anderes. Er sollte Ruhe bewahren. In dieser desolaten Verfassung verriet er sich selbst, falls der Einladungsgrund ein harmloser sein sollte. Er musste das Treffen überstehen.

Kirchhoff klappte sein Laptop zu, ging zur Toilette, wusch sich die Hände, spritzte sich kaltes Wasser ins Gesicht. Er war doch früher nicht so ängstlich gewesen. Irgendetwas hatte sich verändert. In ihm geriet alles durcheinander. Wenn doch Elena bei ihm wäre.

Als er seinen Platz wieder erreichte hatte, öffnete er erneut den Computer und versuchte, sich mit den neuesten Meldungen der Süddeutschen Zeitung abzulenken. Eine Nachricht sprang ihm ins Auge: Mann mit mehreren Stichwunden schwer verletzt aufgefunden, Polizei tappt im Dunkeln, was Motiv und Täter angeht. Der Mann war ein Mitarbeiter von Mondopharm, er hatte ihn bei den heißen Feiern im engen Kreis einmal kennengelernt.

Außerdem war eine E-Mail eingegangen. Kirchhoff las und traute seinen Augen nicht. Er wurde erpresst.

23

Schon auf der Treppe hörte sie Stimmen in Gerds Wohnung. Katja blieb einen Moment stehen, lauschte, wartete, bis ihr Herzschlag sich beruhigt hatte, stieg dann die letzten Stufen hinauf und läutete. Gerd riss die Tür auf. „Warum klingelst du denn, du hast doch einen Schlüssel?“ Dann zog er sie in seine Arme, gab ihr einen langen Kuss, bis sich eine junge Frau zwischen sie drängte.

„Ach ja, Marie kann es kaum erwarten, dich endlich kennenzulernen.“ Gerd lachte.

„Hallo Katja“, rief Marie laut, umarmte Katja fest und drückte ihren Kopf an ihre Wange.

„Hallo, Marie, wie geht’s dir? Wie war eure Autofahrt?“

„Gut, meine Mama ist krank, ich bin traurig.“ Von einem Moment auf den anderen veränderte sich ihr eben noch lachendes Gesicht und sie schaute Katja bekümmert an.

„Jetzt essen wir erstmal was, komm her Marie, wir haben doch was Schönes für Katja vorbereitet.“ Gerds Ablenkung funktionierte. Begeistert lief Marie in die Küche und setzte sich an den gedeckten Tisch.

„Alles für dich vorbereitet, du musst zu mir kommen!“ Marie klopfte entschlossen auf den Stuhl neben ihrem. Katja setzte sich.

Gerd briet noch schnell kleine Putenstücke. Er blickte sich ab und zu um, mischte sich ins Gespräch der beiden ein und zwinkerte Katja zu. Der Salat war fertig, Gerd öffnete einen leichten Weißwein und stieß mit Katja an. Marie verlangte ein Malzbier. Ihre Wangen glühten. Sie war klein und untersetzt, man sah, dass es ihr schmeckte. Die glatten braunen Haare umrahmten ein rundes Gesicht. Sie tätschelte Katjas Hand.

„Du bist jetzt meine Freundin."

Sie strahlte sie an. Katja lächelte und nickte. Sie musste wieder an ihren ersten Fall bei der Mordkommission denken. Schon da hatte sie erlebt, wie direkt und fröhlich die geistig behinderten Menschen sie begrüßt hatten, wie unverfälscht sie waren und wie schnell ihre Stimmungen manchmal wechseln konnten. Sie schienen das Leben direkter wahrzunehmen, ohne Filter, ohne antrainierte Selbstbeherrschung. Katja hatte diese Menschen viel authentischer empfunden als viele der sogenannten Normalen. Marie liebte ihren Bruder, das konnte sie sehen, und das Mädchen schloss Katja sofort in diese Liebe mit ein.

Gerd stellte Fragen zu ihrem neuen Fall, aber Katja wollte zuerst wissen, wie es Gerds Mutter ging und was die Ärzte mit ihr vorhatten. Marie funkte fröhlich mit ihrem Geplapper dazwischen.

„Ich werde euch jetzt erstmal alleine lassen."

Gerd sah sie erstaunt an.

„Ich denke, deine Schwester muss sich ganz schön umstellen und braucht dich im Moment mehr als ich.“

Auf Gerds Gesicht malte sich Enttäuschung ab.

„Sie ist müde und wird doch sowieso bald ins Bett gehen“, versuchte er Katja zu überreden, bei ihm zu übernachten.

„Bin gar nicht müde!“, krähte Marie aus dem Wohnzimmer, wo sie den Fernseher eingeschaltet hatte.

Katja lächelte. „Siehst du, sie ist nicht müde…“

Gerd gab sich geschlagen.

„Aber morgen bleibst du hier!“

Er drückte sie nochmal an sich, da war Marie schon wieder hinter ihm und zog ihn Richtung Wohnzimmer. „Du sollst auch fernsehen!“

Resigniert winkte er Katja zu, die die Treppe hinunterstieg.

Es stimmte, Marie musste sich erstmal umstellen, was ihr bestimmt nicht leicht fiel. Katja fühlte sich müde und erschöpft. Wenn sie ehrlich war, wünschte sie sich einen ruhigen Abend mit Gerd alleine. Sie hätte sich gerne lange mit ihm unterhalten, und er fehlte ihr auch körperlich. Die nächste Zeit würde nicht einfach werden.

24

Bernd Stelter verteilte die Tabletten der Patienten in die Tablettenboxen, eine Arbeit, die er gerne verrichtete. Eine fast meditative Tätigkeit, die ihn entspannte. Er hatte das Sagen. Niemand kontrollierte ihn. Es bereitete ihm ein körperliches Hochgefühl, wenn er die einzelnen Substanzen testen konnte, wenn er sah, wie die Kranken reagierten und wie sie starben. Sie hatten doch sowieso kein Leben mehr.

Seine Arbeit war wichtig. Wenn ein neues Medikament gefunden würde, wäre er einer derjenigen, die einen unschätzbaren Beitrag geleistet hatten. Die Pharmawelt würde aufhorchen.

Plötzlich stand Dr. Martin Otto in der Tür. Diesmal konnte er nicht ausweichen. Er sah den entschlossenen Ausdruck des Arztes und fühlte sich augenblicklich unwohl.

„Ah, das passt ja gut. Ich sehe, Sie bereiten die Medikamente der nächsten Woche vor. Da können Sie mir gleich ein paar Fragen beantworten."

Diesmal würde Stelter ihm nicht wieder davonlaufen, er würde ihn festnageln. Nicht nur der Charakter dieses Pflegers war ihm unsympathisch, seine schwammige Figur und das irgendwie konturlose

Gesicht taten ein Übriges.

„Sie kennen meine Patienten, Sie wissen, dass einige in letzter Zeit gestorben sind."

„Natürlich weiß ich das, was hat das mit der Medikation zu tun? Die liegt doch in Ihrer Verantwortung."

„Richtig, in meiner und in der Hand des Kollegen Dr. Joachim Linderhaus. Um diese Medikamente geht es auch nicht."

„Um was geht es dann?"

„Kennen Sie Chelatbildner?"

Otto ließ den Pfleger nicht aus den Augen. Der zögerte. Otto hatte das Gefühl, dass er überlegte, wie er auf die Frage reagieren sollte.

„Ja, habe ich schon mal gehört, was haben die mit meiner Arbeit zu tun?"

„Werden Chelatbildner hier an die Patienten verteilt?"

„Natürlich nicht!"

Die Antwort kam schnell, zu schnell für Ottos Geschmack.

„Ich habe eine Chelattablette bei einer Patientin gefunden und hätte gerne eine Erklärung dafür. Dr. Linderhaus hat sie angeblich nicht verschrieben, ich auch nicht. Sie verteilen hier die Medikamente. Woher kommt diese Tablette?"

Stelter wurde unruhig.

„Ich habe keine Ahnung!", sagte er dann lauter. „Sie haben doch selbst gesagt, weder Sie noch Dr. Linderhaus haben dieses Medikament verschrieben. Also bekommen die Patienten es auch nicht."

„Wie kommt die Tablette dann zu der Patientin?

Sie tragen die Verantwortung dafür."

„Woher soll ich das wissen?"

Stelter wirkte fahrig. „Wo haben Sie das Medikament überhaupt gefunden?"

„Im Zimmer von Frau Gaunar."

„Wo denn da genau?"

„Neben ihrem Wasserglas."

Stelter bekam Oberwasser.

„Und dafür wollen Sie mich verantwortlich machen? Die Tablette kann doch auf vielen Wegen dorthin gekommen sein."

Otto wurde unsicher. Tat er Bernd Stelter unrecht? Aber wie sollte das Medikament in das Zimmer seiner Patientin gelangt sein?

„Machen Sie mir bitte eine Liste mit den Namen derjenigen, die außer Ihnen die Tabletten im Haus verteilen."

Stelter sah in ungläubig an.

„Und zwar umgehend! Außerdem werde ich mit der Heimleitung reden. Wenn Sie nicht sauber arbeiten, werde ich für Ihre Entlassung sorgen."

Damit verließ Otto den Raum.

Stelter fluchte vor sich hin. So ein verdammter Mist! Wie konnte das nur passieren? Er holte sein Smartphone aus der Tasche, drückte eine Taste und sprach kurz hinein.

„Ja, weiß ich schon. Du bist schuld. Ich habe dir gesagt, du sollst dafür sorgen, dass das aufhört. Schaff' ihn aus dem Verkehr!"

„Wie denn?"

„Das ist jetzt dein Problem. Kümmere dich um

ihn, sonst fliegt uns die ganze Sache um die Ohren. Ich habe dich gewarnt!“

Die Leitung war wieder stumm.

25

Bettina Kirchhoffs Haus in Sachsenhausen war nicht weniger beeindruckend als das Ferienhaus am Lago Maggiore. Katja Lehmann wunderte sich über die Ruhe in diesem Viertel. In direkter Nachbarschaft zum Liebighaus wohnte es sich bestimmt nicht schlecht. Ihr wäre die kleine Villa ein bisschen zu behäbig mit ihren Türmchen und Erkern. Da hätte sie doch lieber das Haus am Lago Maggiore, wenn sie es sich aussuchen könnte. Aber die Geschmäcker waren eben verschieden.

Sie läutete entschlossen, kurz darauf machte ihr Bettina die Tür auf und bat sie herein. Das Haus war gediegen eingerichtet. Es passte eigentlich nicht zu Bettina. Sie gingen über schwere Teppiche durch das Wohnzimmer und gelangten in einen kleinen gepflegten Garten, in dem Bettina in einer schattigen Ecke Wasser und Kaffee bereitgestellt hatte. Der Garten war wunderschön angelegt und gefiel Katja auf Anhieb. Er war Bettinas Leidenschaft, wie sich herausstellte. Sie verbrachte abends oder am Wochenende viel ihrer freien Zeit draußen.

„Das entspannt mich am meisten, wenn ich mit den Händen im Dreck wühlen kann“, erzählte sie Katja.

„Wo ist Robert zurzeit? Ist er unterwegs?“

„Ja, er ist unterwegs, ich weiß nicht genau, wo.“

Katja fiel auf, wie ausweichend ihre Bekannte geantwortet hatte.

„Telefoniert ihr denn nicht regelmäßig?“

„Äh, nein, Robert meldet sich nur sporadisch, und wenn er bei Kunden unterwegs ist, schaltet er oft sein Handy aus.“

Katja kam die merkwürdige Situation am Lago wieder in den Sinn. Aber jedes Paar lebte seine Beziehung eben anders.

„Bettina, ich muss dir ein paar Fragen stellen.“

Katja holte das Foto aus ihrer Tasche, das sie von der toten Frau gemacht hatten.

„Hast du diese Frau schon mal gesehen? Kennst du sie?“

Sie reichte Bettina das Bild.

„Ist die Frau tot?“

„Ja, hast du sie schon mal irgendwo gesehen? Schau sie dir bitte genau an.“

Bettina schüttelte den Kopf.

„Was ist mit der Frau? Hat Robert was damit zu tun?“, fragte sie ängstlich.

Katja erzählte ihr von der Videokamera, die einen Mann zusammen mit der fremden Frau aufgezeichnet hatte.

„Der Mann könnte Robert sein.“

Bettina war blass geworden.

„Hast du den Film, ich will ihn sehen!“

Katja zog ihr Smartphone aus der Tasche und ließ das Video ablaufen. Bettina starrte auf das Display.

„Das ist nicht Robert, niemals! Der Mann sieht doch völlig anders aus. Und solche Klamotten besitzt er überhaupt nicht." Entschieden gab sie Katja das Smartphone zurück.

„Bist du dir sicher?"

Bettinas Lachen klang hysterisch.

„Klar, was weiß ich überhaupt noch von meinem Ehemann?"

Katja bemerkte die Unsicherheit und Verzweiflung hinter ihrer Bemerkung. Also stimmte doch einiges nicht in der Beziehung.

„Bettina, wir müssen mehr wissen, um weiterzukommen. Selbst wenn es Robert ist, heißt das noch gar nichts. Wir müssen ihn aber auf jeden Fall befragen. Versteh mich bitte. Alles, was mit dieser Toten zusammenhängt, müssen wir abklären. Kannst du mir sagen, wo Robert sich in der Nacht vom 22. auf den 23. Juli aufgehalten hat? War er hier bei dir?"

Bettina zögerte. Katja konnte ihr ansehen, wie sie mit sich rang, wieviel sie ihr erzählen sollte. Dann siegte offenbar der Wunsch, sich ihren ganzen Kummer von der Seele zu reden.

„Er musste wieder ganz schnell nach Basel, angeblich zu einem Kongress. Dann hat er sich noch mal kurz gemeldet, seitdem habe ich nichts mehr gehört. Ich habe den Kongress gegoogelt. Es gab zu der Zeit in ganz Basel keinen entsprechenden Kongress. Sein Handy ist auch wieder ausgeschaltet."

„Vielleicht gibt es eine Erklärung für sein Verhalten", versuchte Katja die niedergeschlagene Frau zu beruhigen. An eine einfache Erklärung glaubte sie jedoch selbst nicht mehr. Zu viele Ungereimtheiten waren inzwischen mit der Person Robert Kirchhoff verbunden. Ob er allerdings etwas mit dem Tod des Opfers aus dem Westhafen zu tun hatte, war nach wie vor unklar.

„Versuch bitte, deinen Mann zu erreichen. Wir müssen dringend mit ihm sprechen. Wenn er sich nicht meldet, muss ich offiziell aktiv werden."

„Was heißt das?"

„Wir müssen nach ihm suchen. Bist du nicht beunruhigt, dass du ihn nicht erreichen kannst? Es könnte ihm ja auch etwas passiert sein."

Es tat Katja leid, dass sie Bettina zusätzlich verunsichert hatte. Aber sie hatte keine Wahl, sie mussten Robert Kirchhoff unbedingt befragen. Je schneller desto besser, wobei ihr durchaus klar war, dass sie aufgrund der bisherigen Erkenntnisse keine Fahndung nach Kirchhoff beim Staatsanwalt erwirken konnte.

„Könntest du mir ein neueres Foto von deinem Mann mitgeben?"

Bettina sah sie befremdet an.

„Es ist nur vorsorglich und du bekommst es so schnell wie möglich zurück. Das Beste wäre natürlich, wir könnten mit Robert selbst sprechen."

Bettina suchte nach einem Foto und gab es Katja mit versteinerter Miene.

„Es tut mir leid, Bettina. Denk bitte trotzdem noch mal nach, ob dir etwas aufgefallen ist, was uns weiterhelfen könnte. Manches fällt einem erst später ein. Du kannst mich jederzeit anrufen."

Der Abschied verlief frostig und Katja hatte keine Lust, sofort wieder ins Auto zu steigen und loszufahren. Sie durchstreifte die ruhigen Seitenstraßen, bis sie den Park des Liebigmuseums erreichte. Sie liebte diesen Park, die schattigen Plätze und das kleine Café. Wenn sie schon in der Gegend war, wollte sie wenigstens einmal durchlaufen. War es wirklich Kirchhoff auf dem Video? Hatte Bettina ihn doch erkannt und wollte es nur nicht zugeben? Wieso war er schon wieder verschwunden und telefonisch nicht erreichbar? Das war alles ziemlich mysteriös. Aber einen handfesten Grund, nach ihm zu fahnden, hatten sie nicht.

26

Es waren einige Anrufe eingegangen, nachdem die Presse das Foto der Toten im Westhafen veröffentlicht hatte.

Bisher war nichts Verwertbares dabei gewesen. Vielleicht kamen sie heute einen entscheidenden Schritt weiter. Eine Erika Malchow hatte sich auf den Zeitungsartikel hin telefonisch gemeldet und erklärt, sie kenne die Tote, sie heiße Elena Berton. Sie sprach den Namen französisch aus. Selbst der Name passte wie ein Designerkleid zu ihr. An der Frau war offenbar alles kostbar und schön gewesen. Sie hatten Erika Malchow zu einer Aussage ins Präsidium bestellt.

Azra kam herein und mit ihr eine schlanke dunkelhaarige Frau. Sie wirkte ähnlich gepflegt wie die Tote aus dem Boot, war allerdings bei weitem nicht so attraktiv. Erika Malchow erzählte der Kommissarin, dass sie eine Zeitlang mit Elena zusammengewohnt hatte, bis ihre Freundin dann einen Mann kenngelernt habe und kurz darauf aus der gemeinsamen Wohnung ausgezogen sei.

„Wissen Sie, wer dieser Mann war?"

„Nein, sie hat ein großes Geheimnis daraus gemacht. Ich nehme an, er war verheiratet. Aber sie wollte nicht mit der Sprache raus."

„Haben Sie sich danach noch gesehen? Uns interessiert alles, was uns weiterbringen könnte."

„Wir haben uns höchstens noch ein-, zweimal getroffen. Sie schien sehr glücklich. Sie hat mir nur verraten, dass sie in eine Penthousewohnung im Westhafen umgezogen sei, Adresse hat sie mir nicht gesagt. Ich hatte das Gefühl, sie wollte die alten Zeiten hinter sich lassen"

„Welche alten Zeiten?"

„Na ja, den Escort-Begleitservice."

„Frau Berton hat also als Escort-Begleitung gearbeitet?"

Katja und Azra wechselten einen bedeutungsvollen Blick.

„Ja, ich arbeite da noch, aber Elena stand nie so richtig dahinter."

„Wie meinen Sie das?"

„Na, mir gefällt der Job. Elena hat ihn nur als vorübergehende Beschäftigung gesehen, sie wollte eigentlich ganz anders leben, ruhiger, mit einem Mann, den sie wirklich liebt."

„Hat sie den Mann, von dem Sie gesprochen haben, bei einem dieser Aufträge kennengelernt?"

„Ich denke schon, sicher weiß ich es aber nicht."

„Können Sie uns Namen einiger Kunden von Frau Berton nennen?"

„Nein, die richtigen Namen haben wir sowieso selten erfahren."

„Zu wem hatte sie sonst noch Kontakt?"

„Sie hat mir mal ihren Halbbruder vorgestellt, der hat vor einiger Zeit nach ihr gefragt."

„Kennen Sie seinen Namen und seine Adresse?“

„Nein, der hieß anders, aber ich kann mich nicht mehr erinnern. Er arbeitet in einem dieser Live-Escape-Center in der Bahnhofsgegend. Da habe ich ihn erst kürzlich gesehen, außerdem hängen draußen Plakate, da sind die Mitarbeiter abgebildet, und ich glaube, sein Name steht auch dabei.“

Das war doch endlich mal was. Azra, die im Hintergrund zugehört und sich Notizen gemacht hatte, schaute fragend auf.

„Was ist ein Live-Escape-Center?”

„Eine meiner Freundinnen war mal dort. Es gibt mehrere fensterlose Räume im Keller, die unterschiedlich eingerichtet sind. Dort werden die Kunden in einem der Räume eingeschlossen und müssen in einer Stunde Rätsel lösen, Schlüssel finden und solche Sachen. Schaffen sie es in dieser Zeit, geht die Tür wieder auf.“

„Und wenn man das Rätsel nicht lösen kann?“

„Dann kommt man natürlich auch wieder raus.“ Erika Malchow lächelte.

„Aber man hat eben verloren. Es ist praktisch ein Gesellschaftsspiel. Meistens gehen wohl kleinere Gruppen dorthin. Meine Freundin hat damals nur für sich alleine an die 30 Euro bezahlt und ich glaube, sie waren eine Gruppe von sieben Leuten.“

„Ganz schön lukrativ.“

Azra gruselte es bei dem Gedanken, in einem fensterlosen Raum eingeschlossen zu sein. Sie bekam schnell Platzangst. Das hatte wohl irgendetwas mit ihrer Kindheit zu tun, vermutete sie. Die ersten Jahre, die sie in der Türkei verbracht hatte, waren von politischen Unruhen überschattet gewesen. Ihre Familie gehörte zu einer ethnischen Minderheit. Einmal waren Soldaten in ihr Haus eingedrungen. Ihr Vater war nicht da und die Mutter hatte große Angst gehabt. Es war schrecklich gewesen. Danach war die Familie nach Deutschland übergesiedelt.

„Wie heißt der Escort-Service, bei dem Sie arbeiten?“, lenkte Katja das Gespräch wieder aufs Thema.

„Einfach Escort-Begleitservice, warum?“

Katja zeigte Frau Malchow ein Foto von Robert Kirchhoff.

„Haben Sie diesen Mann einmal mit Ihrer Kollegin zusammen gesehen?“

Sie betrachtete das Foto und schüttelte dann den Kopf. „Nein, ich glaube nicht.“

„Schauen Sie sich das Bild in Ruhe an, es ist sehr wichtig für uns.“

„Vielleicht, es könnte sein. Einmal wurde sie abgeholt, das könnte der Mann eventuell gewesen sein, aber ich kann es nicht beschwören. Ich habe ihn nur ganz kurz und von weitem gesehen.“

Wäre ja auch zu schön gewesen.

„Wie lange haben Sie mit Frau Berton zusammengewohnt?“

„Über ein Jahr. Allerdings ist sie immer mal in die Schweiz gefahren und hat dort längere Zeit verbracht. Sie kannte dort jemanden, bei dem sie gewohnt hat. Ich glaube, er hatte mit der Pharmabranche zu tun.“

„Sie wissen aber nicht, wer das war?“

„Nein, leider nicht. Sie hat lediglich manchmal den Namen Mark genannt. Aber nie einen Nachnamen oder irgendwelche Einzelheiten. Sie hat mir nie viel erzählt. Wir hatten zwar eine Wohngemeinschaft, waren aber trotzdem keine engen Freundinnen.“

„Frau Malchow, wir müssen Sie bitten, uns zu diesem Zentrum zu begleiten und uns den Halbbruder von Frau Berton zu zeigen.“

Es war der Zeugin anzusehen, dass ihr das überhaupt nicht passte. Widerwillig nickte sie.

„Meine Kollegin Frau Türk wird sie begleiten. Vielen Dank, dass Sie sich gemeldet haben, Sie haben uns wirklich sehr geholfen.“

Azra fuhr mit Erika Malchow langsam die Münchener Straße Richtung Hauptbahnhof entlang.

Geschäftiges Treiben herrschte vor den vielen Läden und Kneipen. In letzter Zeit hatte sich das Viertel stark verändert. Künstler, Anwälte und Freiberufler ließen sich nieder und verdrängten zum Teil die alten Besitzer, die die hohen Mieten nicht mehr bezahlen konnten.

Sie bogen in die Moselstraße ein und hielten vor Hausnummer 4.

Sie stiegen aus. Erika Malchow hatte recht gehabt. Die Mitarbeiter waren auf Plakaten abgebildet und sie zeigte sofort auf eines der Bilder.

„Der ist es!“

„Sind Sie sicher?“

„Ganz sicher!“

Janek Rogowski stand unter dem Foto.

Das Etablissement war geschlossen. Einem Schild entnahmen sie, dass es um 19.00 Uhr öffnete.

Sie hatten endlich einen Kontakt, der hoffentlich etwas Licht in ihren ungeklärten Todesfall brachte. Die Kommissarin dankte Frau Malchow für ihr Kommen und dass sie sie begleitet hatte, dann verabschiedete sie sich von ihr.

„Prima, endlich haben wir was."

„Ja, sieht ganz so aus. Als Escort-Girl hat diese Elena Berton also ihr Geld verdient. Ich frage mich nur, wenn sie tatsächlich im Westhafen wohnt oder gewohnt hat, wieso sie keiner erkannt hat bei unserer Befragung. Gehen Sie doch mal die Daten im Grundbuchamt oder Einwohnermeldeamt durch."

„Und wenn sie bei ihrem Liebhaber gewohnt hat?"

„Irgendwo muss sie ja auch gemeldet sein, finden Sie's raus."

Azra rollte die Augen und machte sich an die Arbeit.

27

Es würde wieder heiß werden. Die Sonne schien von einem wolkenlosen Himmel und tauchte die kleinen Häuser des ländlichen Stadtteils in helles Licht. Bergen-Enkheim gehörte zwar schon lange zu Frankfurt, aber es gab noch Bauernhöfe und Landwirtschaft drum herum. Eva Otto fühlte sich wohl im Stadtteil Bergen. Sie liebte das Ländliche, aber auch die Nähe zur Frankfurter City. Martins Praxis lief gut, selbst ihr Sohn Jan hatte sein anfängliches Urteil revidiert, dass in Bergen-Enkheim der Hund begraben sei, seit er dort eine Freundin gefunden hatte, mit der er die meiste Zeit verbrachte.

Im Augenblick interessierte Eva Otto nichts von alledem. Sie versuchte vergeblich, ihr Auto aufzuschließen. Zur Hälfte gehörte es Jan. Wenn sie jedoch als Ernährungsberaterin angefordert wurde, was zwei- bis dreimal pro Woche der Fall war, konnte sie es benutzen. Sie arbeitete sporadisch für zwei Arztpraxen, die ihren Patienten eine Ernährungsberatung wegen Übergewichts oder ernährungsbedingter Krankheiten empfahlen. Heute hatte sie mehrere Termine und es wirklich eilig.

Irgendetwas steckte im Schlüsselloch. Sie fluchte leise vor sich hin. Vielleicht sollten sie sich doch langsam ein modernes Auto zulegen. Aber beide hingen an dem Wagen, von dem es nur noch wenige Exemplare gab. Sie versuchte es auf der anderen Seite des alten R5. Auch dort steckte irgendwas im Schloss. Sie suchte nach der Nagelschere in ihrer Handtasche und bohrte in der Öffnung herum. Trotz der frühen Morgenstunde begann sie zu schwitzen. Die alte Bäuerin beobachtete sie aus dem Fenster ihres gegenüberliegenden Hauses.

Schließlich förderte Eva ein abgebrochenes Streichholz zutage. Offenbar hatten sich Kinder einen Streich erlaubt. Sie schüttelte den Kopf, stieg ein und fuhr los.

Am nächsten Morgen hatte sie die Angelegenheit vollkommen vergessen. Als sie sich dem Renault näherte, sah sie, dass die Scheibenwischer von der Windschutzscheibe abstanden. Hatten die Jugendlichen zu viel Langeweile in ihrer Straße? Erst als sie direkt vor dem Wagen stand, erkannte sie, dass die Scheibenwischer gewaltsam verbogen und damit praktisch unbrauchbar gemacht worden waren. Es gehörte Kraft dazu. Ein merkwürdiges Gefühl beschlich sie. War das noch das Werk übermütiger Kinder?

Am Abend redete sie mit Martin über die Angelegenheit. Er hörte nur mit halbem Ohr zu.

„Na klar werden das Kinder gewesen sein, wer sonst?“, fragte er geistesabwesend.

„Mit solcher Gewalt?“

„Halbwüchsige wissen mit ihrer Kraft doch gar nicht wohin. Für die ist so ein Scheibenwischer keine große Herausforderung.“

Damit war für ihn das Thema abgehandelt. Er vertiefte sich wieder in seine Unterlagen, mit denen er sich in letzter Zeit noch intensiver beschäftigte als sonst, wie es Eva schien.

Auch am folgenden Morgen strahlte die Sonne gnadenlos vom Himmel. Eva ging nicht mehr unbeschwert zu ihrem Auto. Was würde sie heute erwarten?

Sie überquerte den gepflasterten Hof und erreichte die kleine Nebenstraße, in der ihr Wagen stand. Die Bäuerin schaute wieder aus dem Fenster. Sie musste viel Zeit haben. Die Frau störte Eva. Sie fühlte sich beobachtet.

Sie konnte nichts Ungewöhnliches erkennen, als sie auf ihr Auto zusteuerte und atmete erleichtert auf. Erst als sie direkt davorstand, sah sie die Bescherung. Diesmal hatte jemand das ganze Stoffdach zerschnitten! Eva Otto fröstelte. Das war unmöglich das Werk von Kindern. Eine große Wut ging von dieser Zerstörung aus. Sie konnte sie fast körperlich spüren. Wer hatte so einen Hass, dass er ihn auf diese Weise ausließ?

Sie schaute sich um. Die Bäuerin war verschwunden. Eva zitterte und fühlte sich hilflos. Trotzdem musste sie in die Praxis. Fahrig steckte sie den Schlüssel ins Schlüsselloch. Es vergingen mehrere Minuten, bis es ihr gelang, das Auto aufzuschließen, einzusteigen und loszufahren.

Eva versuchte mehrmals, Martin in seiner Praxis zu erreichen, aber er hatte jedes Mal Patienten und sie gab es auf. Sie mussten endlich die Polizei verständigen.

Am Abend erzählte sie Martin alles. Diesmal wiegelte er nicht ab. Er blickte ernst und wollte sich den Schaden am nächsten Morgen bei Tageslicht ansehen.

„Vielleicht hat sich da ein Nachbar ausgetobt, dem wir seinen angestammten Parkplatz weggenommen haben."

Er streichelte ihr beruhigend die Schulter.

Sie wohnten noch nicht lange in der neuen Wohnung, waren erst dorthin gezogen, als Martin die günstige Praxis hatte übernehmen können, nachdem das Haus, in dem er vorher praktiziert hatte, abgerissen worden war. Die Parkplatzsituation in ihrer Straße war in der Tat unbefriedigend. Aber welcher Mensch würde gleich dermaßen aggressiv reagieren? Jedenfalls mussten sie den Schaden jetzt umgehend der Polizei melden. Die würde den oder die Täter hoffentlich finden und dem Spuk ein Ende bereiten.

Am nächsten Morgen ging Martin mit ihr hinunter, um sich das zerschnittene Dach anzusehen. Als sie vor dem Wagen standen, überkam Eva eine Gänsehaut. Alle vier Reifen waren zerstochen! Der oder die Täter hatten ihr Werk der Gewalt vollendet und dem Wagen quasi den Todesstoß versetzt. Ihr kamen die Tränen. Das Gefühl, von jemandem so gehasst zu werden, nahm ihr den Atem. Martin schloss das Auto auf. Eva ging zurück zum Haus, um die Polizei anzurufen.

Den ohrenbetäubenden Knall bekam sie nicht mehr mit. Die Druckwelle der Explosion schleuderte sie gegen die Haustür, vor der sie regungslos liegen blieb.

28

Es war doch nicht so schlimm, wie sie befürchtet hatte. Pfaff lag zwar weiterhin im Krankenhaus und es würde wohl noch länger dauern, bis er vollkommen wiederhergestellt war, aber Katja gewöhnte sich langsam an die neue Kollegin. Ihre unverwüstlich gute Laune färbte ab und machte das Zusammenarbeiten definitiv leichter und angenehmer. Azra dachte mit und arbeitete recht effektiv, soweit Katja das in der kurzen Zeit beurteilen konnte. Sollte sie sie jedoch wirklich alleine zur Befragung ins Bahnhofsviertel schicken? Aber was konnte schon passieren, wenn sie den angeblichen Halbbruder der Toten befragte.

Außerdem hatte Katja ein schlechtes Gewissen Gerd gegenüber. Sie konnte ihn nicht allein lassen mit seiner Schwester und den Problemen, die er gerade hatte. Würde seine Mutter wieder gesund? Und wenn ja, könnte sie sich wieder um ihre Tochter kümmern? Ewig würde das auch nicht mehr funktionieren, was dann? Gerd gingen bestimmt die gleichen Gedanken durch den Kopf. Sie rief ihn an und sie verabredeten sich für den Abend in der Gerbermühle. Der große Sommergarten war genau das Richtige für eine laue Sommernacht, und Marie könnte sich die Schiffe auf dem Main oder die anderen Leute anschauen, was sie besonders gerne tat, wie Katja von Gerd wusste.

„Nichts, absolut nichts!“ Azra schlug mit der Hand auf den Schreibtisch.

„Die Frau muss doch irgendwo gemeldet sein. Es existiert keine Elena Berton, unter Rogowski oder Rogowska ist sie ebenfalls nicht gemeldet!“

„Hab ich mir fast gedacht. Wäre ja auch zu einfach gewesen. Dann befragen Sie mal den Halbbruder heute Abend, der müsste es schließlich wissen.“

„Mist, ich war schon ganz neugierig, wie eine Frau wie diese Elena wohnt.“

Das Telefon klingelte und beendete ihr Gespräch. Katja lauschte einen Moment, zog die Stirn in Falten und sagte dann nur: „Ja, wir kommen.“

Azra schaute sie erwartungsvoll an.

„Wir haben eine Explosion in Frankfurt Bergen-Enkheim. Also los.“

Mit Blaulicht fuhren sie den Alleenring entlang, bogen zum Hauptfriedhof ab und stießen schließlich auf die Friedberger Landstraße. Katja fuhr schnell und sicher. In kurzen Sätzen gab sie das weiter, was sie gehört hatte.

„Ein Auto ist explodiert, offenbar eine Bombe. Es stand vor dem Haus auf der Straße. Den Mann hat es voll erwischt, die Frau ist offenbar glimpflicher davongekommen.“

„Die beiden gehören zusammen?“

„Ja, ein Ehepaar, er ist Arzt, sie wohnen in einer alten restaurierten Hofreite. Das Polizeirevier Bergen-Enkheim hat uns verständigt."

Sie ließen die Vilbeler Landstraße hinter sich, bogen in die Marktstraße ein und hatten kurz darauf die Conrad-Weil-Gasse erreicht, eine schmale Gasse, in der es bereits von Polizei wimmelte. Viele Menschen standen herum und gafften.

Eva Otto lag in ihrem Bett, ein Arzt und ein Sanitäter kümmerten sich um die Frau, deren Gesicht keine Farbe mehr hatte. Die Kommissarin zeigte ihren Ausweis und fragte den Arzt, ob sie einige Fragen stellen könne.

„Versuchen Sie es, aber nur kurz, bitte, Frau Otto hat einen schweren Schock."

Katja beugte sich über Eva Otto.

„Haben Sie jemanden gesehen, der sich an Ihrem Auto zu schaffen machte?"

Die Frau schüttelte schwach den Kopf.

„Aber die letzten Tage… das Auto wurde jeden Tag mehr zerstört." Sie sprach leise und schleppend.

„Erst die Schlüssellöcher verstopft, dann die Scheibenwischer verbogen, dann die Reifen zerstochen und dann das Dach zerschnitten… bis heute…", sie brach entkräftet ab.

„Haben Sie eine Ahnung, wer das getan hat?"

Wieder nur schwaches Kopfschütteln, sie zitterte stark.

Der Arzt zog Katja zurück und empfahl ihr, morgen wiederzukommen. Sie sah selbst, dass es keinen Zweck hatte und sie verließen die Wohnung. Auf der Straße veranlasste Katja, dass zwei Polizisten die Namen und Adressen der Umherstehenden aufnahmen. Es war nur eine kleine Seitenstraße und anzunehmen, dass viele Anwohner unter den Schaulustigen waren. Fischer sollte mit einem Kollegen nachkommen, um die Nachbarschaft zu befragen. Katja war sich ziemlich sicher, dass nichts dabei herauskommen würde. Der Bombenleger hatte die Nacht für sein kriminelles Tun genutzt, und die Straße war offenbar kaum beleuchtet. Die nächste Laterne, die die Kommissarin entdecken konnte, war ein ganzes Stück weiter unten. Der Erkennungsdienst war angekommen und nahm sich den Tatort vor. Die Wrackteile würden in Kürze abgeschleppt und untersucht werden.

Azra erfuhr über die Zentrale, in welches Krankenhaus Dr. Otto gebracht worden war. Er lag im Bürgerhospital. In einer Viertelstunde hatten sie das Krankenhaus erreicht und verlangten den zuständigen Arzt zu sprechen. Es dauerte eine Weile, bis er Zeit hatte und zu ihnen kam.

„Können wir dem Patienten kurz ein paar Fragen stellen?“

Der Mediziner sah die Kommissarin bedauernd an.

„Wir haben ihn ins künstliche Koma versetzt. Er hat schwere Kopfverletzungen.“

„Wie sind die Heilungsaussichten?“

„Da fragen Sie mich zu viel. Wir müssen noch weiterführende Untersuchungen machen; aber selbst dann können wir letztendlich keine endgültige Prognose erstellen. Jeder Körper reagiert anders.“

„Können Sie uns umgehend verständigen, wenn der Patient aufwacht?“

„Kann ich machen, aber so schnell wird das keinesfalls passieren."

Der Arzt steckte die Karte ein, die Katja ihm gegeben hatte und verschwand. Sein Piepser hatte mehrmals Alarm geschlagen, sie hatten ihn lange genug aufgehalten.

29

Azra pfiff vor sich hin. Die erste Befragung ohne ihre Chefin. Sie lenkte das Polizeifahrzeug vorsichtig durch den zunehmenden Verkehr in der Innenstadt Richtung Bahnhofsviertel. Katja war in der Berliner Straße ausgestiegen. Sie wollte sich den Escort-Begleitservice vornehmen, während Azra diesen Janek Rogowski befragen sollte.

Azra fand eine passende Parklücke. Einige hundert Meter musste sie noch laufen, bis sie das Live-Escape-Zentrum erreicht hatte. Im Kassenraum saß ein junger Mann. An den Wänden des Raums befanden sich mehrere Monitore, die offenbar die einzelnen Spielzimmer zeigten.

Die Räume waren unterschiedlich eingerichtet, es sollte wohl für jeden Geschmack etwas dabei sein. Sie waren spärlich beleuchtet und die Szenerie ließ Azra frösteln. Sie konnte den Gedanken nicht ertragen, irgendwo eingeschlossen zu sein, sei es auch nur im Spiel. Für sie käme diese Art der Unterhaltung nicht infrage. Sie fragte den jungen Mann nach Janek Rogowski, ohne vorerst ihren Ausweis zu zeigen. Er nickte der Kommissarin zu und sprach dann etwas ins Telefon.

„Janek kommt gleich“, sagte er und musterte sie

ungeniert.

Die junge Kommissarin fühlte sich zunehmend unwohl. Jetzt wäre es ihr doch lieber gewesen, Katja an ihrer Seite zu haben.

Stell dich nicht so an, schalt sie sich innerlich.

Endlich erschien ein kräftiger, untersetzter Mann um die vierzig, dessen nackte Unterarme mit Tattoos übersät waren. Sein Gesicht hatte einen undefinierbaren Ausdruck, etwas Verschlagenes war in seinen Augen. Azra zeigte ihren Ausweis und stellte sich vor.

„Sind Sie Janek Rogowski?"

„Ja, der bin ich."

„Können wir uns irgendwo ungestört unterhalten? Ich habe einige Fragen an Sie."

Der Mann wirkte nervös, er zögerte kurz.

„Dann kommen Sie mal mit", sagte er schließlich und führte sie in den Keller.

Sie gingen durch einen dunklen Gang mit mehreren Türen. Am Ende öffnete er eine der Türen.

„Bittschön, hier können wir reden." Er ließ Azra den Vortritt.

Im selben Moment, in dem sie ihren Fehler erkannte, schnappte die Tür hinter ihr zu. Sie war allein in einem dunklen Raum. Eines der Spielzimmer des Live-Escape-Zentrums!

„Lassen Sie mich sofort wieder hier raus!", schrie sie. „Das wird Folgen für Sie haben!"

Dann hämmerte sie an die Tür und trat voller Wut dagegen. Wie konnte sie auch nur so bescheuert, so naiv, so dumm sein. Sie stöhnte vor sich hin. Was für eine Blamage. Wieder schrie sie und hämmerte gegen das raue Holz der Tür, aber nichts rührte sich. Sie zog ihr Handy aus der Tasche. Kein Empfang! „Scheiße, verdammte!" Im schwachen Schein des Handys erkannte sie merkwürdige Fratzen an den Wänden, etwas, das wie ein Schrein aussah. Das Handy war wieder ausgegangen. Sie nestelte daran herum. Wie konnte sie Katja je wieder unter die Augen treten? Wie eine blutige Anfängerin hatte sie sich benommen. Blöder ging's nicht.

Plötzlich begann ihr Herz zu rasen, sie hyperventilierte, schwitzte stark. War das ein Herzinfarkt? Nicht nur ältere Leute starben heutzutage daran. Sie fühlte ihren Puls hämmern, ihre Hände waren eiskalt, das Gesicht von kaltem Schweiß bedeckt, alles begann zu kribbeln, das Kribbeln breitete sich aus, erreichte ihr Gesicht. Sie würde hier drinnen sterben! Was für ein dämlicher, bedeutungsloser Tod, und sie war doch noch viel zu jung!

Sie kippte um.

Etwas klatschte in ihr Gesicht. Azra versuchte es abzuwehren. Langsam kam sie zu sich. Der junge Mann von der Kasse beugte sich über sie. Er hatte einen nassen Lappen in der Hand. Sie versuchte aufzustehen, er half ihr dabei. Die Erinnerung an ihr schmähliches Versagen brach sich mit Macht Bahn.

„Wo ist Rogowski?"

„Keine Ahnung. Er war doch mit Ihnen zusammen. Geht's wieder? Was war denn los mit Ihnen?"

„Das wird Folgen für Sie haben!"

Ihre Stimme klang schrill, Wut stieg wieder in ihr hoch.

„Wie heißen Sie?“

„Hansen…“, stotterte der Mann entgeistert. „Wieso? Was hat denn das mit mir zu tun?“

„Beihilfe zu einer Straftat. Sagt Ihnen das was? Sie müssen doch über Ihre Monitore genau gesehen haben, was passiert ist. Ich kann dafür sorgen, dass der ganze Schuppen dichtgemacht wird!“

„Äh, aber… ich konnte wenig sehen. Der Raum war ja stockdunkel. Wieso haben Sie kein Licht gemacht?“

Azra wurde immer wütender. Der Lichtschalter… Klar, der Raum hatte einen Lichtschalter, ganz einfach, nur hatte sie das nicht gecheckt! Sie ließ ihre Wut an dem armen Mann aus.

„Ich nehme an, Rogowski ist nicht mehr im Gebäude“, schnauzte sie, und ohne die Antwort abzuwarten fuhr sie Hansen an: „Geben Sie mir seine Adresse, ich habe schon genug Zeit verloren.

„Äh, ich habe keine Adresse von ihm.“

„Er arbeitet doch hier. Machen Sie sich nicht lächerlich, Sie werden wohl wissen, wo der Mann übernachtet! Oder schläft er unter den Brücken? Wenn Sie jetzt nicht kooperativ sind, nehme ich Sie fest, es reicht mir langsam!“

„Da muss ich den Chef anrufen.“ Der Mann war völlig verdattert.

Es dauerte eine Weile, bis sich am anderen Ende der Leitung jemand meldete, und es verstrich weitere Zeit, bis Azra einen Zettel mit der gewünschten Adresse in Händen hielt. Dann verließ sie mit letzter Kraft das Gebäude.

Ihre Beine zitterten, sie hatte höllische Angst, das

Herzrasen würde erneut beginnen. Ihr war klar, dass sie dem Angestellten gegenüber unfair und vollkommen unprofessionell reagiert hatte. Noch nie war ihr etwas Ähnliches passiert wie in diesem dunklen Raum.

Sie wählte mit zittrigen Fingern das Büro im Polizeipräsidium. Fischer sagte ihr, dass Katja noch außer Haus sei. Sie atmete tief durch und rief Katja übers Handy an. Die Kommissarin versprach, einige Minuten später bei ihr zu sein.

Mit zwei Mann Verstärkung erreichten Katja und Azra kurz darauf die angegebene Adresse. Sie trafen jedoch nur den Inhaber der Wohnung an. Der konnte sich ausweisen und hatte Rogowski lediglich vorübergehend eine Bleibe geboten, da ihn ein Freund aus dem Escape-Center darum gebeten hatte. Doch es hatte Unstimmigkeiten gegeben, worauf er ihn aus der Wohnung geworfen hatte. Der Wohnungsbesitzer hatte keine Ahnung, wo Rogowski danach untergekommen war. Es interessierte ihn auch nicht.

Im Polizeicomputer fanden sie ihn: Zuhälterei, Körperverletzung, Raub, keine aktuelle Adresse. Sie ließen ihn zur Fahndung ausschreiben.

30

Als Azras Anruf aus dem Bahnhofsviertel gekommen war, hatte Katja Lehmann den Besuch beim Escort-Begleitservice kurzerhand abgebrochen, ohne mit der Chefin des Unternehmens gesprochen zu haben.

Sie befand sich nun ein zweites Mal in dem herrschaftlichen Gründerhaus. Teppiche dämpften die Schritte sowohl im Treppenhaus als auch in den Räumen der Agentur. Diesmal wurde sie von einer elegant gekleideten Frau unbestimmbaren Alters mit perfektem Make-up empfangen. Offenbar lebten die Damen ihren Mitarbeiterinnen vor, wie diese sich im Job zu präsentieren hatten.

Die Kommissarin wurde zu Ulrike Harder, der Chefin des Unternehmens, begleitet.

Die Frau konnte sich gut an Elena Berton erinnern. Diese arbeitete zwar schon über ein Jahr nicht mehr für den Escort-Service, war aber davor oft gebucht worden.

„Ich nehme an, Elena Berton war nicht ihr richtiger Name? Können Sie mir Name und Anschrift von Ihrer Mitarbeiterin geben? Außerdem benötige ich eine Liste der Kunden, die sie gebucht haben."

„Die Daten unserer Kunden geben wir aus Datenschutzgründen auf keinen Fall heraus! Hat sie Probleme mit der Polizei?", fragte Frau Harder misstrauisch.

„Nein, sie ist ermordet worden."

Ihr Gegenüber erblasste.

„Ermordet?"

„Ja, wir brauchen dringend Name und Anschrift von Frau Berton, oder wie immer sie hieß", sagte die Kommissarin mit Nachdruck.

„Wir geben alles zu einem Steuerberater, danach landen die Akten in unserem Archiv."

„Haben Sie keine Adressen in Ihrem Laptop?"

„Nein, nur die aktuellen Anschriften. In der Beziehung geht es bei uns noch ziemlich altmodisch zu. Die Unterlagen früherer Mitarbeiter werden allerdings zur Sicherheit in Papierform eine Zeitlang abgeheftet und aufgehoben. Moment, ich schaue mal nach."

Es dauerte eine Weile, bis sie zurückkam.

„Hier sind Name und Anschrift." Frau Harder legte die Unterlagen auf den Schreibtisch.

„Elena Rogowska", las die Kommissarin. Ihr Nachname trug das A am Ende im Gegensatz zu dem I bei Janek Rogowski, so, wie es in Polen üblich ist. Es folgte eine Frankfurter Adresse.

„Heidestraße, die ist doch in Bornheim, oder?"

„Sie werden da vermutlich kein Glück haben."

„Wieso?"

„Sie hat schon früher nur sporadisch dort gewohnt, soviel ich weiß. Die letzten Schreiben, die wir geschickt haben, sind alle zurückgekommen, sehe ich hier. Sie ist wohl umgezogen."

„Und die neue Adresse haben Sie nicht“, stellte Katja lakonisch fest. Ulrike Harder nickte bestätigend mit dem Kopf, was in diesem Fall wohl ein Nein bedeuten sollte.

Immerhin hatten sie jetzt den richtigen Namen der Toten.

Stemmler musste einen richterlichen Beschluss erwirken, damit sie an die Kundendatei des Escort Begleitservice gelangten. Vielleicht war ihr Mörder unter ihren ehemaligen Lovern zu finden.

31

Azra biss die Zähne zusammen und öffnete die Tür. Katja war in ihre Akten vertieft. Azra räusperte sich.

„Ähm, ist nicht so gut gelaufen, gestern."

Katja sah sie an. Azra setzte erneut an.

„Mir ging es nicht gut."

„Was war los mit Ihnen?"

„Ich bin umgekippt."

„Lassen Sie sich doch nicht alles aus der Nase ziehen, man kippt nicht einfach so um."

Azra fasste sich ein Herz und erzählte ungeschminkt, wie unprofessionell sie gehandelt hatte und den Rest der Geschichte.

„Sie hatten einen Panikanfall", stellte Katja trocken fest. „Wir haben eine gute Psychologin. Sie sollten das nicht auf die leichte Schulter nehmen, sowas kann sich wiederholen. Soll ich einen Termin für Sie ausmachen?"

„Nein, um Gottes willen!" Azra wehrte entsetzt ab. Das fehlte noch. Es würde ihr nicht mehr passieren, hatte sie sich fest vorgenommen.

„Gut, das müssen Sie entscheiden. Diesmal ist es ja glimpflich ausgegangen. Es kann sich fatal auswirken. Ihnen ist klar, dass ich es melden muss?"

„Ist mir klar“, murmelte Azra, „aber das wird sich bestimmt nicht wiederholen.“

Katja blickte ihr nachdenklich hinterher, als sie das Zimmer verließ. Sie hätte Azra nicht alleine in das Escape Center schicken sollen. Sie hatte die Situation unterschätzt. Rogowski war offenbar getürmt. Gut, dass nicht mehr passiert war.

32

Hoffentlich kam Bettina bald. Das Treffen mit Leander war kurz gewesen. Der Chef hatte ihm Druck gemacht, er solle seine Leute in den Griff kriegen, Mondopharm wolle Ergebnisse sehen, schließlich würden sie ihm genug zahlen. Dann hatte er nach seinen Zukunftsplänen gefragt. Seine Augen waren schmal geworden, er hatte was von „wir können auch anders“ gemurmelt und „nehmen Sie sich in acht!“

Kirchhoff hatte Leanders Worte als Drohung aufgefasst, sich einen Mietwagen genommen und war sofort weiter an den Lago Maggiore in das Ferienhaus gefahren, um nachzudenken.

Wie sollte er Bettina seine Situation erklären? Sie hatte eine Erklärung verdient. Würde sie ihn verstehen? Wo sollte er anfangen? Seine zunehmende Unzufriedenheit? Das ständige Einerlei? Er wollte nicht mehr einer unter vielen sein, wollte mehr, sein Leben ändern, das ihm zunehmend fad erschien, auch mit ihr.

Mark Leander hatte seine Unzufriedenheit erkannt und zu nutzen gewusst. Elena hatte das Spiel schneller durchschaut als er. Oder wusste sie von Anfang an mehr? Sie lehnte Leander ab, obwohl der sie doch offenbar angeheuert und bezahlt hatte für die Feiern im engen Kreis. Es gab natürlich Mittelsmänner, die Leander schützten und für ihn die Arbeit machten, aber es war klar, wer die Fäden zog.

Leander war eine starke Persönlichkeit, er strahlte eine gewisse Unbeugsamkeit und Kälte aus. Elena hatte ihn gewarnt, er solle vorsichtig sein, aber er war darüber hinweggegangen, war immer tiefer in diesen Sog von Geld und Machtgefühl hineingeraten. Geld für sein Leben mit Elena.

Sein Wirkungskreis wurde ausgeweitet, er bekam mehrere Mitarbeiter, die er schulen und motivieren musste, und eine Sonderaufgabe wurde ihm übertragen: Er sollte sogenannte Meinungsführer einkaufen. Das waren wissenschaftlich arbeitende Ärzte, die gegen ein recht üppiges Entgelt positive Fachartikel über Mondopharm-Präparate in medizinischen Fachzeitschriften publizierten; vor allem dann, wenn diese vorher Negativschlagzeilen gemacht hatten. Das wirkte in der Regel, die Ärzte waren beruhigt und verschrieben das umstrittene Medikament ihren Patienten weiter. Sie hatten vorgebeugt für den Fall, dass die Nebenwirkungen von Tarex publik wurden.

Sein Budget hatte sich enorm erhöht. Seine Triebfeder hieß Elena. Er fühlte sich wieder jung, spürte das Leben mit jeder Faser seines Körpers, flog mit Elena nach Florenz, kaufte ihr Schmuck, teure Kleider, ließ sich selbst perfekt sitzende Anzüge und handgemachte Schuhe aus weichem Leder anfertigen, die einen ganz neuen Menschen aus ihm machten. Elena beriet ihn mit ihrem stilsicheren Geschmack. Er wollte alles nachholen, was er in seinem bisherigen Leben versäumt hatte. Sie speisten in den teuersten Restaurants und genossen den Luxus von Fünf-Sterne-Hotels.

Bettina passte nicht mehr in dieses Leben. Elena war so jung, experimentierfreudig, sinnlich und lustvoll, er wollte ihr die Welt zu Füßen legen. Das Geld rann ihm nur so durch die Finger.

Dann war Cimifura an ihn herangetreten und das Angebot des Unternehmens schien ihm die perfekte Lösung. Ein Leben in Italien, mit noch mehr Geld, Deutschland samt seinem alten Leben endgültig hinter sich lassen.

Sie warteten nur noch auf seine Unterschrift, dann wäre der Deal perfekt. Er würde ihnen die Ergebnisse sämtlicher Tests mit Tarex überlassen. Im Zuge dessen erhielt er einen Job in der Führungsetage des Unternehmens. Damit hätte er ausgesorgt. Cimifura hatte sich bereit erklärt, ihm obendrauf ein Haus in der besten Wohngegend Mailands zur Verfügung zu stellen. Mit Elena zusammen wäre es vollkommen gewesen. Dass er Verrat begehen würde, verdrängte er. Es war ein Dschungel da draußen und es ging allen nur um Macht und Geld.

Jetzt hatte sich alles geändert. Hatte der Wechsel nach Mailand überhaupt noch Sinn? Was Linderhaus und Stelter nebenher testeten, war ihm nach wie vor unklar. Auf jeden Fall handelten sie illegal, und er trug die Verantwortung.

Sein Magen krampfte sich zusammen. Elena hatte ihm Kraft gegeben. Seit er ohne sie war, stiegen merkwürdige Ängste in ihm hoch. Manchmal schien es ihm, als gerieten seine Gedanken durcheinander. Er musste sich konzentrieren, um sich zurechtzufinden. Er musste den Wechsel zu Cimifura auch ohne Elena durchziehen. Bei Mondopharm hatte er keine Zukunft mehr.

Wenn er erst die Papiere hätte, die Bettina ihm bringen sollte.

Er hörte Schritte auf der Treppe. Endlich!

Aber es war nicht Bettina, die die Treppe herunterkam.

33

Basel. Noch gut 20 Kilometer bis zur Grenze. Erst die Fragen der Kommissarin, dann die Bemerkung des Kollegen Peter Winkler. Roberts immer häufigere Abwesenheit von zuhause, seine fadenscheinigen Begründungen, und jetzt sein überraschender Anruf, in welchem er sie fast flehend gebeten hatte, ihm wichtige Dokumente aus dem Safe an den Lago zu bringen.

„Ich bin in Basel, wir treffen uns am Lago, frag nicht weiter. Ich stecke bis zum Hals in Schwierigkeiten, ich werde dir alles erklären. Pass auf, dass dir niemand folgt“, hatte er zum Schluss gewarnt.

Danach war die Verbindung unterbrochen.

Bettina hatte eine Reisetasche gepackt, sich kurzerhand im Büro krankgemeldet und war losgefahren.

Als sie der Nachbarin den Haus- und Briefkastenschlüssel gab, was sie immer tat, wenn sie wegfuhr, stand ein Mann auf der gegenüberliegenden Straße und sah zu ihr herüber. Sie hatte kurz hingesehen. Roberts Warnung verunsicherte sie total, sie sah schon Gespenster.

Die altbekannte Strecke ins Tessin lag vor ihr, wieder mal ohne ihren Mann. Was würde er erzählen? Was steckte hinter seinen merkwürdigen Reisen? Sie fühlte einen Stich. Wollte sie es überhaupt wissen? Hatte er tatsächlich etwas mit der toten Frau zu tun, deren Bild die Kommissarin ihr gezeigt hatte?

Hinter ihr fuhr ein blauer VW Golf. Wieso überholte der nicht? Sie hatte keine Lust, die endlose Reihe der Laster zu überholen, wollte lieber ihren Gedanken nachhängen, nur hundert fahren, ohne ständig die Spur wechseln zu müssen. Der Golf fuhr dicht hinter ihr. Genervt setzte Bettina zum Überholen an, hielt den Wagen eine Weile auf der mittleren Spur, erhöhte dann das Tempo, wechselte auf die dritte Spur, bis ein Großteil der LKW-Karawane und langsamere Autos hinter ihr lagen, zog den Wagen wieder nach rechts und verringerte das Tempo.

Die Benzinuhr neigte sich gegen Null, sie musste unbedingt tanken. Nach der Grenze würde sie eine Pause machen. Die Raststätte auf der Schweizer Seite war früher ein urgemütliches Mövenpick-Restaurant gewesen, das Essen lecker, die Bedienung freundlich. Dort hatte der Urlaub begonnen. Mit dem Grenzwechsel hatten sie Deutschland hinter sich gelassen und auf erholsame Tage am See gefreut. Wie lange war es her, dass sie dieses Gefühl gemeinsam genossen hatten?

Bettina ließ ihren Wagen langsam durch die beiden Grenzstationen rollen, ohne dass ein Grenzbeamter Interesse an ihr oder ihrem Fahrzeug gezeigt hätte. Anschließend bog sie zur Tankstelle der neuerbauten, modernen Raststätte ein, die ihr nicht im Mindesten gefiel. Sie würde tanken, rasch einen Kaffee trinken und dann weiterfahren. Es war schon nach 18 Uhr. Sie hasste die schmale unbeleuchtete Straße mit den engen Kurven zu ihrem Haus hinauf. Obwohl sie den Weg schon unzählige Male gefahren war, gelang es ihr selten, gleich beim ersten Anlauf die zwei engsten Kurven ohne Korrekturmanöver zu bewältigen.

Ein blauer VW Golf hielt zwei Reihen entfernt an der Tankstelle. Den Fahrer konnte sie nicht erkennen. Bettina schüttelte den Kopf. Sie war wirklich paranoid. Ihr Tank war voll und sie ging zur Kasse, um zu bezahlen. Die Luft war schwül, sie spürte plötzlich, wie erschöpft sie war. Die Bluse klebte an ihrem Rücken. Als sie wieder nach draußen kam, war der Golf verschwunden.

Sie suchte sich einen Parkplatz vor dem Restaurant, bog in eine frei werdende Lücke ein, stieg aus und ließ ihre Augen über den Parkplatz gleiten. VW Golf war offenbar ein beliebtes Modell. Mehrere standen auf dem Parkplatz. Bettina rief sich selbst zur Ordnung. Niemand wusste, dass sie in der Schweiz unterwegs war, wer sollte ihr folgen? Was war los mit Robert? War er wirklich in Gefahr?

An der Kaffeebar standen viele Reisende und sie musste sich auf ihre Bestellung konzentrieren.

Der Gotthardtunnel lag hinter ihr. Ein tiefblauer Himmel spannte sich über die Bergkuppen, hinter denen die Sonne langsam versank und die Gebirgskette plastisch hervortreten ließ. Trotz ihrer angespannten Stimmung berührte sie die wunderschöne Landschaft. Die Autobahn führte in sanften Kurven langsam in die Ebene, Bellinzona kam in Sicht.

Die Autobahn wurde voller, hinter ihr fuhr erneut ein blauer Golf. Bettina passte sich dem fließenden Verkehr an und behielt den Rückspiegel im Auge. Der Wagen blieb hinter ihr. Die Ausfahrt Locarno näherte sich, sie fuhr ab und bog in Richtung Luino in den Kreisverkehr ein. Mittlerweile war es so dunkel, dass sie den Wagen hinter sich nicht mehr klar erkennen konnte.

Rechts tauchte der Lago Maggiore auf. Bettina ließ das Fenster herunter, sog die bekannten Gerüche ein und genoss den warmen Wind, der hereinströmte.

Ein einzigartiger Sternenhimmel überspannte den See. Noch nie hatte sie den Himmel so klar erlebt, dunkel wie Samt, wodurch sich die Sterne wie kleine blinkende Diamanten scharf abgrenzten. Locarno, Ascona und viele andere Städtchen und Dörfer erleuchteten das gegenüberliegende Ufer mit unzähligen Lichtern, die sich im See spiegelten. Obwohl sie schon öfter bei Dunkelheit am Lago angekommen war, nahm ihr der Anblick fast den Atem. Wie sehr sie diesen Landstrich liebte. Wenn doch Robert neben ihr säße. Ihre Kehle wurde eng.

Sie fuhr durch Dirinella und überquerte die kleine Grenzstation zwischen der Schweiz und Italien, die verwaist dalag. Selten stand dort noch ein Beamter, um Reisende zu kontrollieren. Langsam fuhr sie weiter. Hinter ihr passierte ein weiteres Fahrzeug die Grenze, aber es war zu dunkel, um die Marke zu erkennen.

Jetzt waren es nur noch zehn Minuten bis zu der

Abzweigung zu ihrem Bergdorf. Sie fröstelte plötzlich trotz der Wärme. Was würde Robert ihr erzählen? Sie fühlte sich müde und ausgelaugt, hatte auf einmal große Angst, dass nach diesem Gespräch alles zu Ende sein würde. Wie ein Kind im Dunkeln wollte sie die Decke über den Kopf ziehen, nichts hören, nichts spüren, die Zeit hinauszögern.

Sie fuhr langsamer. In Maccagno kannte sie eine Bar, die sicher noch geöffnet hatte. Sie beschleunigte wieder, ließ die Auffahrt zu ihrem Dorf hinter sich und steuerte den vertrauten Ort am See an.

34

Er erkannte ihn nicht. Die Treppe war zu schlecht beleuchtet. Erst als Janek Rogowski vom Lichtkegel der Terrassenbeleuchtung erfasst wurde und auf ihn zukam, wusste Kirchhoff, wer er war. Was machte Elenas Halbbruder im Tessin? Woher hatte er die Adresse?

„Na, da habt ihr euch ja ein lauschiges Plätzchen ausgesucht.“ Rogowski sah sich um.

„Willst du mir nichts anbieten? Immerhin habe ich eine lange Fahrt hinter mir. Netterweise hat mir deine Frau den Vortritt gelassen, sonst wären wir zusammen angekommen, und das wäre dir doch sicher nicht recht gewesen?“

Kirchhoff verstand nicht, was Rogowski meinte.

„Was machst du hier?“, fragte er verständnislos.

„Ich soll mich ein bisschen um dich kümmern.“ Rogowski lachte. „Wie ich gehört habe, vernachlässigst du deine Arbeit und hast wohl andere Pläne. Das sieht man in Basel gar nicht gerne.“

Was hatte der Halbbruder von Elena mit Mondopharm zu tun? Als er ihn danach fragte, lachte Rogowski wieder.

„Ich kenne Mark Leander schon viel länger als du. Ab und zu erledige ich Jobs für ihn, macht sich bezahlt.“

„Was für Jobs?“

„Na so wie diesen hier. Offenbar bist du beim Chef in Ungnade gefallen. Er hat mich in Frankfurt angerufen und gebeten, dich im Auge zu behalten. Aber du warst gar nicht da, bist erst gar nicht von Basel nach Hause gefahren. Dafür ist mir deine Frau fast in die Arme gelaufen, sie hatte es ziemlich eilig. Habe dann mitgekriegt, wie sie den Schlüssel bei der Nachbarin abgegeben und erzählt hat, dass sie überraschend ins Ferienhaus fahren muss. Na, da habe ich mich mal drangehängt, hatte eh nichts Besseres zu tun, ha ha, und siehe da, hab‘ ich dich tatsächlich gefunden.“

Kirchhoff überlief es kalt. Also ließ Leander ihn tatsächlich überwachen. Er wusste von dem Deal mit Cimifura. Hatte Mark Leander auch herausgefunden, dass der Vertrag nur zustande kommen würde, wenn Kirchhoff die Versuchsergebnisse preisgeben würde?

Er war für Mondopharm zu einem nicht kalkulierbaren Risiko geworden. Er versuchte abzulenken, das Thema zu wechseln. Rogowski würde ihm nicht verraten, wie weit die Firmenleitung tatsächlich informiert war.

„Was ist mit Elena passiert?“, fragte er unvermittelt. „Wer hat deine Schwester auf dem Gewissen?“

„Ha, das fragst ausgerechnet du? Du warst an dem Abend bei ihr. Sie hat offenbar auf dich gewartet, hatte sich ordentlich aufgebrezelt und konnte mich nicht schnell genug wieder loswerden. Jedenfalls war sie putzmunter, als ich sie verlassen habe.

Am nächsten Morgen hat die Polizei sie dann gefunden.“

Elena hatte ihn nicht erwartet. Er wollte sie überraschen. Eigentlich wäre er erst am nächsten Tag von der Dienstreise zurückgekommen. Er hatte sich spät in der Nacht entschieden, sofort zu ihr zu fahren, weil sie ihm fehlte. Er hielt es nie lange ohne sie aus.

Da hatte sie dagelegen. Tot. Er war völlig verzweifelt gewesen, konnte unmöglich die Polizei rufen, sein Doppelleben wäre aufgeflogen, Bettina hätte alles erfahren. Und so hatte er sie nach einiger Zeit aufgehoben, leicht wie sie war, hatte sie hinunter zur Anlegestelle gebracht und in das rote Boot gelegt. Rot, die Farbe, die sie so liebte.

„Du lügst, du kannst mich gar nicht gesehen haben, es war doch Nacht!“

„Das wird die Polizei sicher anders sehen.“

Er geriet in Panik. Sie wollten ihm den Mord anhängen! Er hatte wieder die Meldung vor Augen, dass einer seiner Kollegen mit einem Messer im Bauch aufgefunden worden war. Er musste ruhig bleiben, es gab ständig Überfälle. Mondopharm ließ doch keine Menschen umbringen.

Aber wenn Mark Leander herausgefunden hatte, dass Kirchhoff die Unterlagen an Cimifura verkaufen wollte, würde er nicht zögern zu handeln. Anzeigen konnten sie ihn schlecht, dafür wusste er zu viele Interna. Vermutlich würden sie zu anderen Mitteln greifen, um ihn fertig zu machen. Kirchhoff fröstelte.

„Ich habe Elena nicht umgebracht. Was für ein

beschissenes Spiel spielst du? Wollt ihr mir den Mord in die Schuhe schieben? Ist die Bezahlung so gut, dass du dich dafür hergibst? Elena war deine Schwester!“

„Halbschwester“, berichtigte Rogowski ungerührt.

„Meine liebe Halbschwester braucht jetzt dein Geld nicht mehr, ich schon. Du hast doch viel zu viel davon, kannst es doch gar nicht mehr ausgeben. Ich könnte vergessen, dass ich dich hier getroffen habe, wenn dir mein Schweigen - sagen wir - hunderttausend wert ist.“

Die zynischen Worte machten Kirchhoff fassungslos. Ohnmächtige Wut stieg in ihm auf.

„Du Hurensohn willst mich erpressen? Hast du mir auch schon die Mail geschickt, du Dreckskerl? Bedeutet dir der Tod deiner Schwester überhaupt nichts? Was für ein Mensch bist du?“

„Sieh es mal als freundliche Aufforderung“, sagte Rogowski verächtlich. „Es könnte allerdings sehr unangenehm werden, wenn du nicht zahlst.“

„Du bist ein armseliger Erpresser, du arbeitest doch auf eigene Rechnung, ich glaube dir kein Wort. Wahrscheinlich hast du deine Schwester selbst auf dem Gewissen und Leander hat keine Ahnung davon, was du hier treibst. Du arbeitest nicht für ihn. Er macht sich doch mit solchen Individuen, wie du eines bist, die Finger nicht schmutzig.“

„Du armer Irrer, du hast wirklich keine Ahnung. Die schöne, gute Elena. Du hast sie doch überhaupt nicht gekannt! Hat das Häschen nicht mehr mitgespielt? Wollte ihr Besitzer sie wieder zurückhaben?

Und bist du da auch so wütend geworden wie jetzt und hast ihr den Hals zugedrückt? Jetzt spielst du den leidenden Liebhaber, dass ich nicht lache, ha ha."

„Welcher Besitzer? Wovon redest du, du Idiot?"

„Fragt sich, wer hier der Idiot ist." Rogowski lachte wieder höhnisch.

„Hast du wirklich geglaubt, so eine schöne Frau gehört dir alleine? Ausgerechnet dir, he? Schau dich doch mal an. Der große Chef hat sie eine Weile ausgeliehen, sein kleines Spielzeug, damit seine Hampelmänner auch alle schön bei der Stange bleiben. Jetzt sind sie dir auf der Spur, wissen, was du vorhast. Hast du geglaubt, du kommst ungeschoren davon?"

In seinen Ohren begann ein Rauschen, seine Verzweiflung der vergangenen Tage schlug um in unbändige Wut. Er nahm nur noch die Mundbewegungen seines Gegenübers wahr, dann schlug er auf ihn ein.

35

Der Berg lag dunkel vor ihr. Sie hatte ihre Ankunft eine Weile hinausgezögert, aber irgendwann musste sie zum Haus fahren. Sie konnte schlecht im Auto übernachten. Ihre Angst war nicht kleiner geworden durch das Glas Wein in der Bar.

Die Kurve schaffte sie natürlich nicht auf Anhieb. Eine dunkle Felswand bildete auf der einen Seite die Straßenbegrenzung, auf der anderen Seite fiel der bewaldete Hang steil ab. Sie ließ das Seitenfenster herunter, sie schwitzte.

Die nächste enge Kurve war schon zu sehen, als urplötzlich Bewegung in den Wald kam. Ein merkwürdiges Donnern war zu hören, so, als käme der Berg herunter, gleichzeitig tauchten dunkle Schatten wie aus dem Nichts auf, rasten auf den Wagen zu, stoben eng aneinandergedrängt vorbei, dann verschluckte sie der dunkle Abhang wieder.

Bettina trat zu Tode erschrocken auf die Bremse, geriet auf der staubigen Straße ins Schlingern, drohte die Gewalt über das Fahrzeug zu verlieren, drehte verzweifelt am Lenkrad, bis sie den Wagen schließlich zum Stehen brachte.

Eine Horde Wildschweine war aus dem Wald gebrochen und wieder verschwunden. Der Spuk war so schnell vorbei wie er begonnen hatte.

Kreidebleich und mit zitternden Knien startete sie wieder.

Sie hatte immer noch weiche Knie, als sie in die Garageneinfahrt neben ihrem Haus einbog. Die Einfahrt war leer. Ein föhniger Wind wehte aus dem Tal herauf, über die notdürftig beleuchtete Straße huschten Katzen, das kleine Bergdorf wirkte wie ausgestorben. Die Türbeleuchtung am Haus war ausgeschaltet. Beklommen schloss Bettina die Tür auf und lauschte. Hatte Robert sie nicht gehört? Schlief er schon? Hatte er das Warten für heute aufgegeben?

Es war alles ruhig, auch im Wohnzimmer brannte kein Licht. Sie rief seinen Namen, ohne eine Antwort zu erhalten, stieg die schmale Steintreppe hinunter, rief wieder seinen Namen. Nichts. Die Terrasse lag dunkel vor ihr.

Bettina wählte Roberts Handynummer. Auf dem Terrassentisch vor ihr begann es zu klingeln.

Bettina packte die Reisetasche aus. Was hatte das jetzt wieder zu bedeuten? Sie war es langsam leid, dieses dauernde Hin und Her. Wo zum Teufel war Robert? Sie hielt die Tasche aus dem Safe in Frankfurt in der Hand und versuchte sie zu öffnen. Die Tasche war verschlossen. Hatte Robert den Schlüssel bei sich? Oder lag der zuhause im Safe? Hatte sie ihn übersehen?

Sie holte sich eine Flasche Wein aus dem Weinkeller, nahm die Tasche mit und setzte sich auf die Terrasse. Die Nacht war voller Geräusche, ein Käuzchen schrie, was sie hasste, ab und zu huschte eine der zahlreichen wilden Katzen, die es in der

Umgebung gab, an ihr vorbei.

Langsam wurde es Bettina zu dumm, auf Robert zu warten. Sie suchte Werkzeug im Schuppen, holte bei der Gelegenheit noch eine Flasche Wein und nahm alles wieder mit auf die Terrasse. Sie wollte jetzt wissen, was Robert so dringend benötigte, wofür er sie von Frankfurt an den Lago gehetzt hatte.

Bettina probierte mehrere Werkzeuge aus. Sie war wütend auf Robert, hatte keine Lust mehr, ständig die Ahnungslose zu sein. Er führte sie offensichtlich an der Nase herum. Ihre negativen Gefühle entluden sich in der Zerstörung der Schlösser. Sie gaben nach und die Tasche ließ sich öffnen.

Bettina fingerte eine Mappe heraus. Es waren anscheinend Arbeitsunterlagen, auf die Robert so dringend wartete. Sie überflog mehrere Seiten, ohne den Inhalt zu verstehen.

Zahlen, Fakten, Namen. Klinische Studien offenbar. Wofür brauchte er die im Tessin? Und was war so brisant an ihnen? Es ging um Alzheimer, so viel verstand sie. Viele Firmen suchten ein Mittel gegen diese Krankheit, das war kein Geheimnis. Ein Brief in italienischer Sprache lag dabei. Im Briefkopf etwas mit *Cimifura*, es handelte sich anscheinend um ein italienisches Chemieunternehmen. Was waren das für Papiere? Sie konnte sich keinen Reim darauf machen, legte die Mappe beiseite und zog eine andere heraus.

Als Erstes fielen ihr mehrere Bündel Geld und Wertpapiere entgegen. Seit wann bunkerte ihr Mann so viel Geld im Safe? Bettina nahm ein paar Scheine in die Hand. Alles Fünfhunderter. Mit gerunzelter

Stirn betrachtete sie ihre Ausbeute. Das mussten etliche zehntausend Euro sein. Woher stammten sie?

Es steckte noch etwas in der Mappe.

„*Kaufvertrag für die Penthousewohnung*"

Es folgten Adresse im Westhafen, Quadratmeter, Ausstattung. Die Schrift verschwamm vor ihren Augen, zitternd blätterte Bettina die Dokumente durch, der Vertrag trug ein Datum von vor über einem Jahr. Sie wurde kreidebleich.

Mit wem hatte sie zusammengelebt die letzten Jahre? Sie hatte das Gefühl, die Hinterlassenschaft eines völlig Fremden vor sich zu haben. Wann hatte er vorgehabt, ihr davon zu erzählen? Wie lange führte er schon ein Doppelleben? Mit wem teilte er dieses Penthouse? Ihr wurde schwindlig, sie befürchtete, bewusstlos zu werden und atmete tief ein und aus. Nach einer Weile ging es ihr besser. Sie schüttete ein ganzes Glas Wein in sich hinein, füllte sofort wieder nach und trank gierig aus.

Die erste Flasche war leer, sie öffnete die zweite. Bloß nicht mehr denken müssen, nichts fühlen müssen, nichts empfinden, sie wäre am liebsten tot gewesen.

Irgendwann war sie ins Schlafzimmer gewankt, aufs Bett gefallen, hatte aus der Flasche weitergetrunken, bis sie ihr aus der Hand geglitten war, der Alkohol ihr Gehirn endgültig abschaltete und sie betäubt in einen bleiernen Schlaf versank.

36

Das Aufwachen war grauenhaft. Ihr Kopf dröhnte. Mit voller Wucht trafen sie die Erkenntnisse des Vorabends, kein gnädiger Blackout, kein gnädiges Vergessen. Sie hoffte, dass Robert nie mehr auftauchen würde. Hass loderte in ihr auf.

Zischend schoss heißer Kaffee aus der Espressomaschine. Sie hatte *stark* und *doppelte Menge* eingestellt. Mit der Tasse in der Hand lief sie barfuß auf die Terrasse, die in gleißendem Sonnenlicht lag. Sie musste die Augen zukneifen, so blendete sie das Licht. Als sie sie wieder öffnete, sah sie es: Die Tasche samt Inhalt war verschwunden.

Ihren ersten Reflex, einfach ins Auto zu steigen und zurückzufahren, hatte sie unterdrückt. Sie stand an der Mauer und starrte auf den See. Eine drückende Schwüle lag in der Luft, am Himmel türmten sich Wolken, die von fahlem Grau langsam in schwefeliges Gelb übergingen. Was für ein widerwärtiges Spiel spielte Robert mit ihr? Hatte er die Unterlagen geholt? Warum? Hatte er sie nur benutzt, um ihm die Tasche an den Lago zu bringen?

Die Kopfschmerzen wurden wieder stärker. Erste Blitze zuckten über den Himmel. Von einer Minute auf die andere kam Sturm auf, die Palmen wurden hin und her geschüttelt, bogen sich tief hinunter. Stuhlkissen, Plastikblumentöpfe flogen über die Terrasse, Pflanzen kippten um, dicke Regentropfen fielen, ein kräftiger Donner ließ den Berg erzittern. Der Himmel wurde schwarz. Bettina floh ins Haus. Blitze erhellten jetzt in kurzer Folge die Berge, ließen sie sekundenlang wie überbelichtete Negative aussehen.

Sie sah dem Naturschauspiel am Fenster zu, ohne es wirklich wahrzunehmen. Einem besonders grellen Blitz folgte fast gleichzeitig ein ungeheurer Donnerschlag. Bettina wusste, dass der Donner durch die Berge zurückgeworfen und verstärkt wurde, aber der letzte war extrem laut gewesen. Bestimmt hatte der Blitz in der Nachbarschaft eingeschlagen.

Das Gewitter wurde immer heftiger, es tobte über dem ganzen See. Sie machte einige Lichter an, setzte sich in einen Sessel und starrte wieder vor sich hin. Es ging ihr so viel durch den Kopf, ohne dass sie die Gedanken festhalten konnte. Wie war Robert an den Lago gekommen? In der Einfahrt hatte kein Auto gestanden.

Trotz der Kopfschmerzen machte sie sich wieder eine Flasche Wein auf und suchte in der Küche nach Zigaretten. Sie rauchte nicht, normalerweise. Jetzt war nichts mehr normal. Beim nächsten Donnerknall gingen alle Lichter aus. Die Wohnung lag im Dämmerlicht. Die Sicherung war mal wieder rausgeflogen, nichts Besonderes bei starken Gewittern oben in den Bergen. Bettina war es egal, sie hatte keine Lust, nach Kerzen zu suchen.

Nach einer Weile wurden die Blitze weniger, der

Wind hatte sich gelegt, nur noch der Regen fiel mit gleichmäßigem Rauschen vom Himmel.

Von unten übertönten Polizeisirenen den Regen. Sie wurden lauter. Hatte es also doch in der Nachbarschaft eingeschlagen. Bettina ging wieder auf die Terrasse. Die Sirenen waren jetzt sehr laut zu hören. Sie konnte jedoch nichts sehen. Es läutete an der Tür. War Robert zurückgekommen? Als sie öffnete, stand die Nachbarin, eine der wenigen Menschen, die noch ständig in dem Bergdorf wohnten, vor ihrer Tür. „Hast du's schon gehört?"

„Was denn?"

„Sie haben einen Toten auf den Bahngleisen gefunden. Alles wimmelt von Carabinieri. Ich war im Dorf einkaufen, musste durch dieses elende Gewitter hier herauffahren. Sie haben mich angehalten und gefragt, ob ich etwas Ungewöhnliches mitbekommen habe."

Bettina wurde übel.

37

Es gab wirklich schöne Ecken am Rande von Frankfurt. Katja lenkte den Wagen von der Friedberger Landstraße in Richtung Bergen-Enkheim auf die Vilbeler Landstraße. Das üppige Grün, das die Friedberger Landstraße Richtung Seckbach begrenzte, gab nun rechts den Blick zur Fertighaus-Ausstellung frei, während linkerhand der Vilbeler Wald auftauchte, der Bergen-Enkheim mit Bad Vilbel durch landschaftlich reizvolle Wanderwege über Wiesen und Felder verbindet.

Azra saß wortkarg neben der Kommissarin. Es war ihre Schuld, dass ihnen Rogowski durch die Lappen gegangen war. Sie hätten schon viel weiter sein können in dem Fall. Katja hatte wenig gesagt, was Azra zusätzlich bedrückte.

Neben der Toten aus dem Westhafen hatten sie jetzt auch den mysteriösen Fall in Bergen-Enkheim. Sie wollten die Frau von Dr. Martin Otto erneut befragen. Heute würde es ihr sicher besser gehen, und Katja hätte gerne langsam mal ein Erfolgserlebnis bei ihren Ermittlungen.

Die Hitzeglocke lag nach wie vor über der Stadt. Im Stadtteil Bergen wehte ein schwacher Wind, der aber auch keine Abkühlung brachte.

Nachdem sie geparkt hatten, betraten sie den gepflasterten Hof der Hofreite und läuteten bei Eva Otto. Es dauerte eine Weile, bis sie öffnete. Sie sah blass und verweint aus. Der Arm, den sie sich bei ihrem Sturz aufgeschürft hatte, war verbunden. Außerdem litt sie unter Kopf- und Ohrenschmerzen sowie einem Tinnitus, den sie sich durch den Knall der Explosion zugezogen hatte, erzählte sie der Kommissarin.

Ein junger Mann kam aus einem der Zimmer. Eva Otto stellte ihn als ihren Sohn Jan vor. Er blieb an ihrer Seite, als sie die beiden Frauen in ihr Wohnzimmer bat. Beim Umbau der alten Hofreite hatte man einige der ursprünglichen Balken des alten Fachwerks erhalten und freigelegt. Ihr Holz gab dem ansonsten weißgetünchten Raum einen starken Akzent. Helle Möbel und eine breite Fensterfront ließen ihn licht und freundlich wirken.

„Fühlen Sie sich heute in der Lage, uns ein paar Fragen zu beantworten?“, fragte Katja.

Eva Otto nickte und schaute hilfesuchend ihren Sohn an.

„Wie geht es Ihrem Mann?“

„Unverändert. Die Ärzte tun ihr Bestes“, sagte sie leise.

„Hatte Ihr Mann Feinde?“

„Nein, mein Mann hatte keine Feinde. Er ist ein guter Arzt und sehr beliebt bei seinen Patienten. Außerdem gehörte das Auto meinem Sohn Jan. Ich habe es nur genommen, wenn ich beruflich unterwegs war. Mein Mann hat seinen eigenen Wagen.“

„Sie denken also, der Anschlag galt Ihnen oder Ihrem Sohn?“

„Nein, um Gottes willen, wer sollte denn so etwas machen? Wir haben doch niemandem etwas getan.“

Katja sah der Frau an, dass sie immer noch fassungslos war und der Schock nachwirkte.

„Ich muss zu meinem Mann in die Klinik. Vielleicht braucht er mich.“

Ihr Sohn legte ihr eine Hand auf den Arm, um sie zu beruhigen. Dann druckste er herum.

„Äh, vielleicht hat es ja auch gar nichts mit euch zu tun.“

„Wie meinen Sie das?“, fragte die Kommissarin.

„Also, ähm, ich habe seit einiger Zeit eine Freundin, und ihr Exfreund ist extrem eifersüchtig. Er ruft sie ständig an und hat ihr auch schon mal gedroht.“

„Davon hast du uns gar nichts gesagt“, rief seine Mutter entgeistert aus.

„Ich wollte euch nicht beunruhigen. Es ist ja auch gar nicht gesagt, dass er wirklich etwas mit der Sache zu tun hat.“

„Wir brauchen Name und Anschrift des Exfreundes Ihrer Freundin. Halten Sie es denn für möglich, dass der Mann so gewalttätig werden könnte?“

„Nein, eigentlich nicht. Aber ich kann mir noch weniger vorstellen, dass jemand meiner Mutter oder meinem Vater so etwas antun könnte. Die beiden haben doch keinem Menschen etwas getan.“

Katja ließ sich die Adresse des Exfreundes geben, und sie verabschiedeten sich von Mutter und Sohn.

Vielleicht war das Ganze tatsächlich nur ein banales Eifersuchtsdrama? Wirklich überzeugen konnte sie diese Vorstellung nicht. Hatte der Mann Erfahrung im Bombenbauen?

Katja rief Fischer an und wollte wissen, wie weit die Sprengstoffexperten mit der Bombe gekommen waren. Es lag noch kein Bericht vor.

„Machen Sie Druck! Wir brauchen Details, wir haben vielleicht einen Verdächtigen. Rufen Sie mich an, sobald der Bericht da ist!"

Fischer versprach es murrend. Der Mann war wirklich ein Sonnenschein.

„So, dann schauen wir uns den jungen Mann mal an."

Sie blickte Azra aufmunternd an, die sich still im Hintergrund hielt.

„Ja, denke ich auch. Er soll bei seinen Eltern im Hotel arbeiten, dann werden wir ihn sicher dort antreffen."

Katja hoffte, dass die junge Kollegin bald wieder zu ihrer alten Form zurückfand. So still, wie sie jetzt war, gefiel sie ihr gar nicht.

„Wir sollten uns duzen", schlug sie spontan vor. Azras Gesicht erhellte sich.

„Gern, habe ich nichts dagegen."

Katja hatte richtig vermutet. Das Angebot zum Du kam im richtigen Augenblick, um Azra zu zeigen, dass sie trotz ihrer Fehlleistung im Life-Escape auf Katja zählen konnte.

Eine Stunde später hatte sich die Spur zerschlagen. Der Exfreund hatte ein hieb- und stichfestes

Alibi und war erkennbar erschüttert über die Ereignisse in der Familie Otto. Er liebe seine Exfreundin noch und wäre gerne wieder mit ihr zusammen, sagte er. Niemals würde er jedoch zu solchen Mitteln greifen, er sei schließlich kein Verbrecher.

Sie mussten also ihr Motiv woanders suchen. Wäre ja auch zu schön gewesen, wenn sie einen so schnellen Erfolg erzielt hätten.

Als sie auf der Rückfahrt waren, rief Fischer an. Die Bombe setzte keine außergewöhnlichen Kenntnisse voraus. Ein einigermaßen geübter Bastler würde genug Informationen im Internet finden, um sie nachzubauen.

38

Auf den Straßen von Mailand war es noch schlimmer als in Frankfurt. Robert Kirchhoff stand endlos im Stau. Die Klimaanlage blies kühle Luft in das Innere des Wagens, trotzdem schwitzte er. Das Navi gab eine weitere Richtungsänderung zur Messe für die chemische Industrie an.

Kirchhoff hatte seine Frau kommen sehen. Unfähig mit ihr zu sprechen, war er die steinernen Treppen hinauf zu der Kapelle gestiegen, die oberhalb des Dorfes lag und von der aus er einen freien Blick auf das Haus hatte. Er war auf den Stufen zusammengesunken, konnte keinen klaren Gedanken fassen.

Rogowski lag jetzt auf den Bahngleisen. Er hatte ihn wegschaffen müssen. Vom Haus aus konnte die Leiche sonst morgen früh gesehen werden. Die Polizei würde sofort eine Verbindung zu ihm oder seinem Haus herstellen.

Er war mit einer starken Taschenlampe den Hang hinuntergeklettert, den Rogowski hinabgestürzt war, hatte ihn gefunden, den leblosen Körper weiter hinuntergeschleift, ein Stück an den Schienen entlang, und ihn dann auf die Gleise der Regionalbahn gezerrt. Es sollte nach Selbstmord aussehen.

Jegliche Kraft hatte ihn danach verlassen. Er musste zu Bettina, aber er wollte einfach nur auf den kühlen Treppen sitzen. Was sollte er ihr jetzt noch sagen? Ich bin ein Mörder?

Die Nacht war sternenklar gewesen. Er hatte jegliches Zeitgefühl verloren. Er wollte sich leise ins Gästezimmer legen, später mit ihr reden, später… Als er zur Terrasse hinuntergestiegen war, lagen seine Unterlagen auf dem Tisch verstreut, alles, was Bettina nicht hätte sehen dürfen. Es war zu spät. Er hatte versagt, alles kaputtgemacht.

Nun war er in Mailand. Hatte eine Unterschrift bei Cimifura überhaupt noch Sinn? Die Leiche von Rogowski war sicher bereits entdeckt worden.

Das Messegelände war groß. Er musste sich mit den Leuten von Cimifura an einem ruhigen Ort treffen, sonst konnten ihn Kollegen von Mondopharm entdecken. Welche Beweise hatte die Polizei? Nur Bettina wusste, dass er am Lago war. Würde sie ihn verraten?

Seine Gedanken sprangen wild hin und her. Wäre dieser idiotische Halbbruder von Elena doch nie aufgetaucht. Er hatte ihn doch nicht töten wollen!

Das Navi gab ihm schon wieder eine Richtungsänderung an. Er konnte nicht so schnell reagieren, zögerte, fuhr dann einfach auf seiner Spur weiter.

„Wenn möglich, bitte wenden, wenn möglich bitte wenden“, schnarrte die Stimme aus dem Navi.

Er fuhr in eine Seitenstraße und hielt an. Dann schlug er die Hände vors Gesicht. Was sollte er noch auf dieser Messe? Es war eine Weile her, dass er sich bei Cimifura beworben hatte. Seither war alles anders geworden.

Das Unternehmen arbeitete ebenfalls an einem Medikament gegen Alzheimer und versprach sich neue Erkenntnisse und Zeitersparnis für die eigene Forschung durch seine Informationen. Er hatte zugesagt, ihnen sämtliche Ergebnisse zu dem Versuch von Mondopharm mitzubringen. Aber welche Studie sollte er ihnen geben? Seine Unterlagen waren das Papier offenbar nicht wert, auf dem sie standen.

Stimmte, was Rogowski behauptet hatte? Kirchhoff kannte ihn kaum, hatte ihn nur ein paarmal bei Elena getroffen. Hatte sie ihm tatsächlich etwas vorgespielt? War er so ein Narr gewesen, dass er nicht erkannt hatte, dass ihre Gefühle für ihn gespielt waren? Nein, das konnte nicht sein. So sehr konnte er sich nicht getäuscht haben, sie hatte ihn geliebt.

Er zögerte, dann programmierte er das Navi neu und gab Florenz ein. Das Gerät führte ihn zur Autostrada del sole. Er wusste nicht wohin, er würde einfach nach Süden fahren, immer weiter, weg von seinem Leben, weg von den Erinnerungen und der Leere, die ihn umgab. Ohne Elena hatte alles keinen Sinn mehr.

39

„Ein Gespräch für dich, Katja."

Azra hielt ihr den Hörer hin. Am anderen Ende meldete sich ein Mann, der sich als Freund von Dr. Martin Otto vorstellte. Er sagte, er könne der Kommissarin wichtige Details erzählen, die vielleicht im Zusammenhang mit dem Anschlag auf den Hausarzt stünden. Katja war skeptisch. Zu oft schon hatte sie erlebt, dass Wichtigtuer glaubten, etwas erzählen zu müssen, was sich letzten Endes als völlig nutzlos erwies.

„Wie kommen Sie darauf, dass der Anschlag Dr. Otto galt?", fragte sie den angeblichen Freund.

„Ich glaube, er hat etwas herausgefunden, was im Zusammenhang mit dem Seniorenwohnheim und den vermehrten Todesfällen dort steht. Ich war leider verreist, sonst hätte ich mich viel früher gemeldet. Ich habe jetzt erst von dem Anschlag gehört und war fassungslos."

Jetzt war Katjas Interesse doch geweckt.

„Von welchem Seniorenheim reden Sie?"

„Vom Haus Lohrberg, dort hat Dr. Otto regelmäßig Patienten betreut. Die meisten sind dement."

„Können Sie ins Präsidium kommen und mir mehr darüber erzählen, oder wo kann ich Sie treffen?“

Hans Koch willigte ein, ins Präsidium zu kommen. Sie verabredeten zehn Uhr am nächsten Tag.

„Hast du was von vermehrten Todesfällen in Altersheimen gehört?“, fragte Katja ihre Kollegin.

„Nee, stand nur wieder in der Zeitung, dass die zweite Warnstufe ausgerufen wurde. Die Heime sollen sich darum kümmern, dass die Senioren genug trinken, weil alte Menschen besonders gefährdet sind.“

„Ja, ja, schon gut“, unterbrach Katja ihren Redefluss. Azra strengte sich besonders an, was Katja ein bisschen nervte. Die Sache im Live-Escape war noch nicht ausgestanden. Azra machte sich Sorgen, das war ihr anzumerken.

„Sieh mal zu, ob du was Konkretes rausfinden kannst. Ich will wissen, was es mit den Gerüchten um diese Todesfälle in Pflegeheimen auf sich hat.“

Am nächsten Morgen traf Hans Koch pünktlich im Präsidium ein. Azra hatte nichts herausgefunden, keine Zeitungsnotiz, nichts.

Katja begrüßte den sympathischen Mann in den 50ern, schlank, mit hellen Augen und einem offenen Gesicht.

„Es tut mir leid, dass ich mich so spät melde. Wenn ich doch nur hier gewesen wäre, als das mit Martin passiert ist.“

Er sah bekümmert aus. Katja bot ihm einen Stuhl gegenüber ihrem Schreibtisch an.

„Wie kommen Sie darauf, dass der Anschlag Ihrem Freund galt? Könnte der Täter es nicht ebenso auf seine Frau oder seinen Sohn abgesehen haben? Immerhin teilen die beiden sich das Auto."

„Ja, schon, aber wie ich Ihnen bereits am Telefon sagte, betreut Martin, also Dr. Otto, neben seiner Tätigkeit als niedergelassener Arzt noch Patienten im Haus Lohrberg. Es sind praktisch alles Menschen mit einer Demenz, hauptsächlich Alzheimer. Dort gab es vor meiner Abreise merkwürdige Todesfälle, die meinen Freund sehr beunruhigt haben."

„Inwiefern?"

„Der Tod trat jedes Mal sehr plötzlich ein. Martin hatte seine Patienten oft noch kurz vorher untersucht und keine Anzeichen für eine ernsthafte Erkrankung gefunden, die innerhalb weniger Stunden zum Tode hätte führen können."

„Die Patienten waren also vorher völlig symptomfrei?"

„Na ja, so würde ich es nicht formulieren. Sie leiden unter Unruhe oder Müdigkeit, sie haben auch mal Schmerzen. Aber dass so viele Patienten innerhalb eines kurzen Zeitraums sterben, ohne dass vorher gravierende Krankheitszeichen zu beobachten waren, ist eher selten. Der Notarzt vermutete Salmonellen oder das Norovirus. Aber entsprechende Symptome wie beispielsweise Erbrechen oder Durchfall traten höchstens in der Nacht ihres Todes auf. Das war alles sehr ungewöhnlich."

„Waren die Patienten vorher in der Lage, Aussagen über ihr Befinden zu machen?"

„Nein, das nicht, aber Martin ist ein ausgezeichneter, sehr verantwortungsvoller Arzt. Er hätte normalerweise rechtzeitig bemerkt, wenn es einem seiner Schützlinge schlecht gegangen wäre. Außerdem ist da noch etwas…“, er zögerte und fuhr dann fort. „Es gab Ungereimtheiten, nicht nur wegen der Todesursachen.“

„Ja, erzählen Sie weiter.“

„Also, mein Freund hatte den Verdacht, dass Medikamente schuld am Tod der Patienten sein könnten. Es gibt gefährliche Kreuzreaktionen, Überdosierungen und solche Dinge. Er hat deswegen mit dem Neurologen Dr. Linderhaus, der die gleiche Patientengruppe im Haus Lohrberg mit einem neuen Medikament versorgt, und dem zuständigen Pflegedienstleiter dort gesprochen, aber bei beiden hatte er das Gefühl, dass sie ihn abwimmeln wollten.“

„Was ist das für ein neues Medikament?“

„Der Neurologe hat es seinen Patienten im Heim verschrieben.“

„Ihr Freund hatte aber keine Beweise für seine Vermutung?“

„Nein, das nicht. Aber da ist noch etwas, ich weiß nicht, ob das eine Rolle spielt.“

Er zögerte wieder, dann fuhr er fort: „Martin hat bei einer seiner Patientinnen eine Tablette außerhalb ihres Tablettenkästchens gefunden. Er erkennt sehr viele Tabletten an Form, Farbe und Größe. Das ist so eine Marotte von ihm.“ Er lächelte ein wenig verlegen.

„Und was ist mit dieser Tablette?“

„Er bat mich herauszufinden, um was es sich bei dem Präparat handelt, da es ihm völlig unbekannt war.“

Die ganze Sache schien Katja ein wenig abenteuerlich.

„Ist das wirklich wichtig für den Anschlag auf Dr. Otto? Was haben Tabletten damit zu tun? Ich kann Ihnen nicht ganz folgen."

Sie wurde langsam ungeduldig.

„Also, um es kurz zu machen. Die Tablette gehört zu den sogenannten Chelatbildnern."

Nach einem Blick in das verständnislose Gesicht der Kommissarin sprach er schnell weiter.

„Ein Chelatbildner wird nur gegeben, wenn ein Mensch unter einer Metallvergiftung leidet, wenn er zu viel von Quecksilber, Blei und so weiter abbekommen hat. Diese Tablette hatte also absolut nichts auf dem Nachttisch einer demenzkranken Frau zu suchen. Es gibt keinen Grund, dass den Patienten so etwas verschrieben wird."

Es herrschte einen Moment Stille. Hans Koch lehnte sich zurück.

„Ich verstehe immer noch nicht ganz, was das mit dem Anschlag zu tun haben sollte."

„Vielleicht wollten sie ihm nur Angst machen. Er hat mir vorher gesagt, er vermute, dass da etwas Illegales im Gang sei und hat diesen Verdacht wohl auch gegenüber dem Neurologen geäußert."

„Was hat die Heimleitung dazu gesagt?"

„Das weiß ich nicht. Ich konnte nicht mehr mit ihm darüber reden, da war es bereits passiert."

„Gut, Herr Koch, vielen Dank erstmal, Sie haben uns auf jeden Fall weitergeholfen. Wir werden der Sache nachgehen."

„Wenn Sie Fachfragen haben, können Sie mich

jederzeit anrufen, ich helfe Ihnen gerne, das bin ich meinem Freund Martin schuldig.“

Sie brachte Hans Koch zur Tür.

Azra hatte das Gespräch von ihrem Schreibtisch aus verfolgt und sah Katja zweifelnd an.

„Hört sich ja ein bisschen verworren an, was der Mann erzählt. Meinst du, da ist was dran?“

„Das werden wir herausfinden. Mach uns mal einen Termin bei diesem Dr. Linderhaus und einen mit der Heimleitung im Haus Lohrberg. Ach ja, dieser Pflegedienstleiter sollte bei dem Gespräch dabei sein, frag mal nach, wie er heißt.“

„Alles klar.“

Azra war froh, dass sie etwas tun konnte. Sie hoffte, Katja bald zeigen zu können, dass sie zu mehr als zu Ohnmachtsanfällen fähig war.

Der Neurologe Linderhaus war auf einem Kongress und der Pflegedienstleister hatte frei. Sie mussten sich bis zum nächsten Tag gedulden.

Gerd rief an. „Hast du Lust, heute Abend mit in den Günthersburgpark zu gehen, da gibt es Livemusik, laue Luft und Sternenhimmel.“ Er lachte leise.

„Ja, gerne, was ist mit deiner Schwester, wird ihr das nicht zu viel?“

„Die ist heute bei einer Kollegin, deren Tochter Geburtstag feiert. Sie ist eingeladen und schläft auch dort.“

Hörte sich verlockend an. Katja stimmte zu und sie verabredeten sich für neunzehn Uhr vor dem Haupteingang des Parks.

40

Es zog viele Besucher in die weitläufige Anlage, als sie ankam. Vom Teenie bis zum Rentner war alles vertreten. Viele Familien mit Kindern, bepackt mit Decken, Essen und Getränken wollten den lauen Abend bei Musik auf der Wiese verbringen.

Sie sah Gerd schon von weitem, er lief ihr entgegen, nahm sie in den Arm, küsste sie und hielt sie erst einmal fest. Sie lehnte ihren Kopf an seine Schulter, sog seinen Geruch in sich ein und spürte eine warme Welle durch ihren Körper strömen. Es kam ihr wie eine Ewigkeit vor, seit sie sich das letzte Mal gesehen hatten, dabei waren es nur einige Tage gewesen. Langsam gingen sie Hand in Hand durch den Park, die Musik wehte leise zu ihnen herüber, die Band spielte am anderen Ende des Parks. Gerd hatte eine Decke mitgebracht. An einem der Stände besorgte er Wein. Sie setzten sich auf die Decke, er zog Katja zu sich, dass sie sich bei ihm anlehnen konnte, und küsste ihren Hals, ihren Haaransatz, ihre Schulter, bis sie ihn lachend abwehrte, da sie befürchtete, an Ort und Stelle schwach zu werden, wenn er so weitermachte.

Sie fragte nach seiner Mutter. Es ging langsam bergauf mit ihr. Ob und wann sie jedoch wieder für ihre Tochter sorgen konnte, stand noch in den Sternen. Gerd hatte begonnen, in der Nähe nach einer Wohnung für die Mutter zu suchen. Katja war skeptisch. Wollte seine Mutter das? Würde sie sich in eine neue Umgebung eingewöhnen können in ihrem Alter? Gerd teilte ihre Zweifel, aber im Moment sah er keine andere Möglichkeit, wenn er die Mutter nach ihrer Genesung unterstützen wollte.

Dann fragte er Katja nach der Toten vom Westhafen und sie berichtete ihm kurz, hatte aber keine Lust, an einem so schönen Abend zu viele Gedanken an ihre Arbeit zu verschwenden.

Gerd besorgte eine ganze Flasche Wein, damit er sich nicht immer wieder am Weinstand anstellen musste. Aneinandergekuschelt lauschten sie eine Weile wortlos der Musik. Es war bereits dunkel geworden und die Familien mit Kindern verließen nach und nach den Park. Um sie herum wurde es leerer. Gerd begann wieder, sie zu küssen. Die Band spielte Blues, Katja war es langsam egal, wo sie sich befanden. Viel zu lange hatte sie Gerd entbehren müssen. Er hielt kurz inne und bat Katja aufzustehen, dann zog er die Decke ein Stück weiter zu einem Busch, wo niemand mehr lag.

Der Mond tauchte die Landschaft in ein silbriges Licht. Sie ließen sich wieder auf die Decke fallen und machten dort weiter, wo sie aufgehört hatten. Katja trug einen Rock, so dass Gerd leichtes Spiel hatte. Er zog ihr langsam den Slip aus und begann sie zu streicheln. Katja stöhnte leise, Gerd konnte sich kaum noch beherrschen, er öffnete seine Hose und drang in sie ein. Als Katja die Augen öffnete, stand direkt über ihr der Vollmond.

Es stimmte alles an diesem vollkommenen Abend.

41

Mit neuem Elan stürzte Katja sich am nächsten Morgen in die Arbeit. Gerd hatte ihr bereits eine zärtliche SMS geschickt, die sie beflügelte.

Eine Liste der Kunden von Elena Berton lag ihnen nun auch vor. Stemmler hatte den richterlichen Beschluss besorgt und Fischer die Liste beim Escort-Begleitservice abgeholt. Er ging die Liste durch und kümmerte sich um die Befragung. Allerdings standen wenig Namen auf der Liste und die Buchungsdaten lagen alle ziemlich weit zurück. Katja bezweifelte, dass sie den Mörder unter den ehemaligen Kunden von Elena Berton finden würden.

Um 11 Uhr waren Azra und sie mit dem Neurologen in Bergen-Enkheim verabredet. Anschließend würden sie im Haus Lohrberg vorbeifahren, das nur einige Kilometer entfernt war, allerdings bereits zur Gemarkung Seckbach gehörte.

Sie meldeten sich an und wurden kurz darauf von dem Neurologen empfangen. Ein mittelgroßer, schlanker Mann mit einem kantigen Gesicht. Trotz seines Lächelns wirkte er kalt.

„Was kann ich für Sie tun? Habe ich falsch geparkt?“, versuchte er zu scherzen.

„Wir haben nur ein paar Fragen an Sie, es wird nicht lange dauern."

„Bitte, fragen Sie."

Er wirkte beherrscht, aber hinter dieser Beherrschung meinte Katja eine gewisse Gereiztheit und Unruhe zu spüren.

„Wir ermitteln im Fall Ihres Kollegen Dr. Martin Otto. Sie haben vermutlich von dem Anschlag gehört."

„Stand ja in allen Zeitungen, sehr bedauerlich", murmelte er. „Aber wie kann ich Ihnen da weiterhelfen?"

„Hatte Ihr Kollege Feinde?"

„Wie soll ich das wissen? So gut kannten wir uns keineswegs, da sind Sie bei mir an der falschen Adresse."

„Gut, dann erzählen Sie uns etwas über die Todesfälle im Haus Lohrberg. Soweit wir gehört haben, sind Patienten gestorben, die sowohl von Ihnen als auch Ihrem Kollegen Dr. Otto betreut wurden. Waren Sie nicht beunruhigt?"

Linderhaus rollte mit den Augen.

„Der Kollege war, äh, ist wohl ein bisschen übermotiviert und sieht Gespenster. Wir testen dort ein Alzheimerpräparat, das in anderen Ländern bereits vielversprechende Ergebnisse erzielt hat. Auch bei meinen Patienten hat es sehr gut angeschlagen, wir sind äußerst zufrieden." Er lächelte jovial.

„Und die Todesfälle haben Sie nicht beunruhigt?"

„Wissen Sie, es sind alte, kranke Menschen, und es ist ein verdammt heißer Sommer. Es ist zwar bedauerlich, aber keineswegs ungewöhnlich, dass mehr

Todesopfer in Altenheimen und selbst in der häuslichen Umgebung zu beklagen sind."

„Dr. Otto war da wohl anderer Ansicht?", hakte Katja nach.

„Wie gesagt, meiner Meinung nach hat er sich zu viele Gedanken gemacht. Mehr gibt es dazu nicht zu sagen."

„Sie testen ein neues Medikament an Ihren Patienten. Wenn es Demenzkranke sind, können sie überhaupt ihr Einverständnis zu diesen Tests geben?" Azra, die sich im Hintergrund gehalten hatte, stellte Dr. Linderhaus die Frage.

„Selbstverständlich. Es gibt einen entsprechenden Passus in ihren Patientenverfügungen, sonst würden wir ja illegal handeln", antwortete Linderhaus.

„Für welches Pharmaunternehmen machen Sie die Testreihe?"

„Für Mondopharm. Wir testen ein sogenanntes Off-Label-Medikament."

„Was heißt das genau?"

„Das ist ein bereits zugelassenes Medikament für andere Krankheiten. Wir testen es derzeit als Mittel gegen Alzheimer. Aber jetzt entschuldigen Sie mich bitte, ich kann meine Patienten nicht so lange warten lassen."

Linderhaus war bei den letzten Fragen sichtlich nervös geworden. Katja und Azra verabschiedeten sich und fuhren mit dem Aufzug wieder hinunter.

„Gute Frage." Katja lächelte Azra anerkennend an. Sie grinste zurück. Sie fuhren weiter nach Seckbach.

Im Haus Lohrberg begrüßte sie die Leiterin Gisela Mewes. Sie bat sie in ihr Büro und ließ Bernd Stelter rufen. Kurz darauf betrat er das Büro, wollte sich jedoch nicht setzen. Stelter war groß und füllig, seine dunklen Haare schütter, sein Blick unstet. Frau Mewes versicherte Katja, dass die Patienten bestens von den Ärzten Dr. Otto und Dr. Linderhaus betreut würden.

„Wissen Sie, wir haben immer mehr Heimbewohner mit einer Demenz und hoffen alle auf ein Medikament, das endlich hilft. Die Ärzte tun ihr Bestes und unser Herr Stelter ist die verantwortungsvolle Schaltstelle zwischen Arzt und Patient. Er macht sehr viele Nachtdienste, bietet sich regelmäßig freiwillig dafür an, dabei ist das eine besonders schwere Arbeit."

Über den Anschlag auf die Familie Otto war die Leiterin bestürzt.

„Frau Mewes, Sie müssen eine Statistik führen. Gab es in letzter Zeit mehr Todesfälle als sonst in Ihrem Haus?"

„Die Todesfälle werden selbstverständlich dokumentiert, es werden auch Statistiken aufgestellt. Das Wetter spielt zum Beispiel eine wesentliche Rolle bei unseren Sterbefällen", wich sie aus.

„Hatten Sie mehr Tote als sonst in den letzten Tagen oder Wochen?", fragte Katja noch einmal.

„Sie haben sich etwas gehäuft, ja. Wir haben Untersuchungen auf Viren und Salmonellen im Haus durchgeführt, aber es war alles ohne Befund. Wir gehen davon aus, dass die große Hitze an einigen Todesfällen schuld ist."

„Sie können mir also keine konkreten Zahlen

nennen?“

„Äh, nein, im Moment noch nicht. Wir sind aber dran.“ Es war Gisela Mewes sichtlich peinlich, dass ihre Statistik nicht auf dem aktuellen Stand war.

„Und die Bedenken von Dr. Otto konnten Sie nicht nachvollziehen?“

„Welche Bedenken?“, fragte sie verständnislos.

„Er hat nicht mit Ihnen gesprochen?“

„Nein, wieso, was wollte er denn?“

„Aber Sie wissen doch davon, Herr Stelter. Sie wissen, dass Dr. Otto sich Sorgen wegen einer möglichen Medikamentenunverträglichkeit in Bezug auf das neue Medikament des Kollegen Linderhaus machte und außerdem bei einer Patientin eine Entgiftungstablette gefunden hat, die dort nichts zu suchen hatte?“

Gisela Mewes sah Bernd Stelter entgeistert an. „Wieso habe ich davon nichts erfahren?“

Stelter sah unter sich. Er wirkte wie ein bockiges Kind.

„Das waren doch alles nur Hirngespinste. Die Tablette will er auf dem Nachttisch einer Patientin gefunden haben. Es gibt tausend Möglichkeiten, wie sie dorthin gekommen ist. Und wegen des neuen Medikaments hat er mit Dr. Linderhaus gesprochen. Das ist ja schließlich der Verantwortliche.“

„Was haben Sie mit Dr. Otto besprochen? Wieso bin ich nicht unterrichtet worden?“

„Er hatte Fragen zum Tod unseres Patienten Hübner, dabei war der Notarzt vor Ort und hat einen Herzinfarkt festgestellt. Es gab keinen Grund, an seiner Diagnose zu zweifeln. Der Hausarzt hat genervt, er hat sich verrannt, ich weiß auch nicht warum."

Katja wollte genaue Zahlen über die Todesfälle sowie Vergleichszahlen aus dem Vorjahr. Frau Mewes versprach, alles zusammenzustellen. Sie sah Stelter nachdenklich an. Der wandte sich ab und ging.

Die Kommissarin musste die Statistik abwarten, erst dann würde sie wissen, ob an der Vermutung des Arztes etwas dran war.

Es gab ein nettes Café, das zum Pflegeheim gehörte. Katja lud Azra auf einen Kaffee ein.

„Komm, den haben wir uns verdient, wir machen eine kurze Pause."

Sie besprachen die Aussagen der Leiterin des Hauses und des Pflegers Bernd Stelter.

„Wir haben nichts erfahren, was die Bedenken von Koch, dem Freund von Dr. Otto, erhärtet hätten. Ein verlorener Vormittag", resümierte Katja lakonisch. „Ich glaube nicht, dass uns die Unterlagen noch was Neues sagen werden. Vielleicht hat sich dieser Hausarzt wirklich ein wenig verrannt."

„Wer weiß", meinte Azra abwesend. Ihr Blick war zum Parkplatz gewandert.

„Sieh mal an, dieser Stelter ist gerade in einen Audi A4 eingestiegen. Was verdient man denn so in diesem Beruf? Ich kann mir jedenfalls keinen Audi leisten."

Katja war ihrem Blick gefolgt.

„Das ist ja interessant. Man müsste mal einen Blick auf sein Konto werfen können."

Azra grinste vor sich hin.

Am Nachmittag im Büro legte sie Katja zwei Zettel auf den Schreibtisch.

„Was ist das?“

„Na, Kontoauszüge!“

Katja betrachtete die Zettel.

„Woher hast du die Zahlen?“

„Äh, ich hatte mal einen Freund, der… äh…, also der war Hacker.“ Sie grinste Katja an.

„Bist du verrückt? Wenn das rauskommt…“

„Das kommt nicht raus, ich bin ja keine Anfängerin.“

Katja war keineswegs überzeugt, studierte aber eingehend die Zahlenreihen.

„Mein lieber Mann, dieser Pfleger hat ja ordentlich was auf der hohen Kante!“

„Ja, und Dr. Linderhaus dafür heftige Kontobewegungen. Da geht ordentlich was rein und noch schneller wieder raus.“

Ganz so weiße Westen schienen die Herren, die mit der Betreuung der demenzkranken Patienten im Haus Lohrberg betraut waren, also doch nicht zu haben. Hatte Dr. Otto recht gehabt? Wie sollten sie das herausfinden mit den wenigen Hinweisen von Hans Koch? Jedenfalls hatte Azra offenbar doch mehr drauf, als Highheels nach teuren Marken zu definieren, dachte Katja anerkennend.

42

Vera Becker war gleich zu ihr gekommen, kaum, dass Bettina begonnen hatte, das Chaos auf ihrem Schreibtisch zu sortieren.

„Du hast ganz schön was verpasst, hier läuft ein Meeting nach dem anderen, ich glaube, wir machen's nicht mehr lang, dem Verlag droht die Insolvenz. Ich war schon bei unserm Anwalt wegen eines Sozialplans. Stell dir vor, kürzlich ist ein Artikel über ihn erschienen. Er gilt als einer der zehn besten Arbeitsrechtler von Frankfurt. Hoffentlich holt er noch Geld für Abfindungen für die Kollegen raus, wenn schon alles den Bach runtergeht."

Sie sprudelte einen Satz nach dem anderen heraus. Es war ihr anzumerken, dass sie die Neuigkeiten gar nicht schnell genug loswerden konnte. Bettina Kirchhoff nahm all ihre Kraft zusammen, um sich nicht anmerken zu lassen, wie wenig sie der Zustand des Verlages im Moment interessierte. Pro Forma stellte sie ein paar Fragen. Vera war so in Fahrt, dass sie nicht bemerkte, dass Bettina nur Interesse heuchelte.

Endlich verließ sie das Büro. wieder. Erschöpft lehnte sich Bettina Kirchhoff zurück. Sie rang mit sich. Dann rief sie Peter Winkler an. Kurz darauf öffnete er die Tür zu ihrem Büro.

„Die Sache mit den Kolleginnen hat sich geklärt, die haben das zurückgenommen“, begann er, aber Bettina schnitt ihm das Wort ab.

„Darum geht es nicht, setzen Sie sich bitte.“

Neugierig schaute Winkler sie an und wartete. Es fiel Bettina schwer, das Thema anzusprechen. Ihr Herz klopfte.

„Was wissen Sie über meinen Mann und was haben Sie letztens mit Ihrer Bemerkung über ihn gemeint?“

Winkler wand sich, das Thema war ihm sichtlich unangenehm.

„Ach, es war nur so dahergeredet.“

„Verkaufen Sie mich nicht für dumm, Sie wissen mehr. Reden Sie mit mir!“

Peter Winkler begriff, dass er nicht so einfach aus der Nummer rauskam.

„Na ja, also…“, er räusperte sich „wir haben uns ja ein-, zweimal bei Veranstaltungen von Mondopharm getroffen. Es ging hauptsächlich um Anzeigenwerbung für Deos. Sie wissen ja, plötzlich werden Deos ohne Aluminium besonders beworben und eigentlich weiß keiner so genau warum. Angeblich ist es doch unschädlich.“

„Bitte, Herr Winkler, kommen Sie zur Sache.“ Bettina war klar, dass der Mann um den heißen Brei herumredete.

„Wir Angestellten vom Verlag waren ja nur kleine Lichter. Nach der offiziellen Veranstaltung gab es eine Feier für die hohen Herren von Mondopharm, und da war eben auch Ihr Mann dabei.“

„Das ist ja wohl nicht alles. Was haben Sie mit Ihrer Bemerkung gemeint?"

„Meine Güte, es hat sich halt rumgesprochen, dass es bei diesen Feiern an nichts fehlte. Ich habe einen Kumpel, der arbeitet auch bei Mondopharm. Es waren jede Menge Frauen da, ein Riesenbuffet, und der Alkohol floss in Strömen."

„Was für Frauen waren da?"

„Prostituierte, nehme ich an, welche denn sonst?"

Bettina war bei dem Wort Prostituierte zusammengezuckt.

„Und meinen Mann haben Sie mit … eh … so einer Prostituierten gesehen?"

„Ich habe ihn mit einer Frau gesehen. Sie war echt umwerfend. Mehr weiß ich nicht."

„Haben Sie ihn öfter mit ihr gesehen?"

Winkler wurde langsam ungeduldig.

„Ich habe ihn vielleicht zweimal gesehen, mehr nicht, und sonst weiß ich auch nichts. Warum reden Sie nicht mit Ihrem Mann?"

Bettina wurde rot, murmelte ein Danke und ließ Peter Winkler wieder gehen.

Wie beschämend. Sie fragte einen Kollegen über ihren Mann aus. Sie fühlte sich entsetzlich gedemütigt und erniedrigt und hatte trotz allem die irrwitzige Hoffnung, dass sich alles als ein großes Missverständnis herausstellen würde. Der Mensch war schon ein merkwürdiges Wesen.

Winkler hatte eigentlich genau das bestätigt, was sie seit ihrer Fahrt ins Tessin wusste. Robert blieb verschwunden, er hatte sich nicht mehr gemeldet. Etwas war passiert, sie hatte keine Ahnung, wie all die Dinge zusammenhingen. Den Toten, den die Polizei auf den Gleisen gefunden hatte, kannte sie nicht. Sie war wie die Nachbarin und einige andere aus dem Dorf befragt worden. Die Polizei untersuchte das ganze Gebiet. Bettina befürchtete insgeheim, dass der Tote etwas mit Roberts Verschwinden zu tun hatte.

Sie griff zum Telefon und rief Katja Lehmann an.

43

In der Mordkommission gingen kurz hintereinander zwei Anrufe ein. Azra nahm ein Telefonat aus Italien entgegen, während Katja mit Bettina Kirchhoff sprach. Nachdem diese aufgelegt hatte, gab Azra ihr Gespräch an Katja weiter, da sie kein Italienisch sprach. Der Kommissar aus Maccagno, ein alter Freund und Bekannter von Katja, begrüßte sie überschwänglich.

„Ciao bella, cara mia, come stai?"

Dann wurde er ernst und kam zur Sache. Katja lauschte gespannt, stellte nur kurze Zwischenfragen und legte schließlich auf. Azra schaute Katja fragend an.

„Was Wichtiges aus Italien?"

„Allerdings. Ich habe dir doch von dem Haus

meiner Tante, also jetzt meinem Haus, am Lago Maggiore erzählt. Es liegt an einem steilen Abhang. Ziemlich weit unten verläuft die örtliche Bahnlinie. Dort haben sie eine Leiche gefunden."

„Ja und, wieso ruft er dich deswegen an?"

„Sie haben den Toten heute Morgen identifiziert. Es ist Janek Rogowski, der Halbbruder von Elena Berton."

„Jetzt wird's langsam interessant. Hat er sich auf

die Gleise geworfen?"

„Dachten sie auch erst, aber da hat wohl jemand nachgeholfen."

„Mord?"

„Ja, sieht ganz so aus. Sie haben Schleifspuren gefunden, wird alles noch genauer untersucht."

„Musst du hinfahren?"

„Das wäre schön, der Lago zieht immer. Aber erstens gibt es hier genug zu tun und zweitens ist es erstmal Sache der italienischen Polizei. Die Kollegen werden uns auf dem Laufenden halten und einen Abschlussbericht schicken. Jetzt bin ich noch mal kurz in Frankfurt unterwegs."

„Hat das etwas mit dem Fall in Italien zu tun?"

„Vielleicht. Der erste Anruf war eine Bekannte vom Lago, die auch in Frankfurt wohnt. Sie will mir etwas erzählen, hat es ziemlich dringend gemacht."

„Hat das etwas mit einem unserer Fälle zu tun?"

„Du kennst doch das Video vom Westhafen. Der Mann auf dem Film hat eine entfernte Ähnlichkeit mit Robert Kirchhoff, dem Mann meiner Bekannten. Die Ähnlichkeit ist jedoch so vage, dass diese Vermutung bisher nicht verwertbar war. Seine Frau hatte ihn nicht auf dem Videofilm erkannt, sonst hätten wir offiziell ermitteln müssen. Ich treffe sie gleich in Bockenheim im *Frankfurt for friends* gegenüber der Goethe-Universität. Vielleicht hat sie neue Informationen, die uns weiterhelfen.

„Ach ja, und frag doch bitte noch mal nach, wie es Dr. Otto geht und ruf im Haus Lohrberg an, was die Liste macht."

Katja verließ das Präsidium. In Bockenheim fand sie relativ schnell einen Parkplatz, da Semesterferien waren. Bettina saß auf der Holzterrasse des Cafés und erwartete sie. Sie sah noch schlechter aus als beim letzten Mal, als sie sich getroffen hatten. Katja bestellte einen Milchkaffee.

„Schön, dass du dich gemeldet hast. Wie geht es dir?"

„Es tut mir leid, Katja, ich hätte dich früher informieren sollen. Mir wächst langsam alles über den Kopf."

Sie hatte Tränen in den Augen, wischte sie entschlossen weg. Das war das Letzte, dass sie hier im Café saß und heulte. Katja ließ ihr Zeit. Bettina nahm einen Schluck Kaffee. Dann erzählte sie Katja der Reihe nach, was in der Zwischenzeit passiert war. Nachdem sie geendet hatte, fühlte sie sich erleichtert. Sie trug nicht mehr alleine die Last, jetzt wusste Katja Bescheid. Sie würde handeln, egal, was dabei herauskam.

Katja musste erst einmal alles sortieren und stellte weitere Fragen. Robert war also wieder am Lago gewesen. Zur gleichen Zeit offenbar, als Rogowski dort getötet worden war. Das konnte wohl kaum ein Zufall sein.

„Und was ist mit dieser Wohnung im Westhafen? Hast du dir die Adresse gemerkt?"

Bettina konnte fragmentarische Angaben machen, der Rest würde sich leicht herausfinden lassen, da die Wohnung auf Roberts Namen eingetragen war. Sie rief Azra an und gab ihr den Auftrag, sich darum zu kümmern. Sie mussten die Wohnung so schnell wie möglich finden und kriminaltechnisch untersuchen lassen. Sie ärgerte sich über sich selbst. Auf die Idee unter Robert Kirchhoffs Namen nach einer Wohnung im Westhafen zu suchen, hätte sie auch schon früher kommen können. Es war also doch Kirchhoff auf dem Video gewesen, er hatte sich ganz schön verändert.

„Für welche Pharmafirma arbeitet Robert, hast du gesagt?“

„Für Mondopharm.“

„Mondopharm?“ Katja zog die Stirn in Falten. „Sag mal, kennst du einen Dr. Linderhaus?“

„Nein, wieso?“

„Und die Namen Dr. Otto oder Bernd Stelter sagen dir auch nichts?“

„Otto, Otto? Stand da etwas in der Zeitung? Ist da nicht ein Auto in die Luft geflogen?“

„Ja, aber hast du seinen Namen mal im Zusammenhang mit deinem Mann gehört, oder hat er dir von ihm oder den anderen erzählt?“

„Nein, auf keinen Fall, er hat mir schon lange nichts mehr erzählt.“

Katja grübelte. Alle vier hatten mit Mondopharm zu tun. Ein seltsamer Zufall. Oder war es gar kein Zufall?

„Ich muss das weitergeben, was du mir erzählt hast, das ist dir sicher klar? Du musst eine offizielle Aussage machen, und wir müssen Robert jetzt zur Fahndung ausschreiben. Er war offenbar zu der Zeit zumindest in der Nähe, als Rogowski gestorben ist. Ich bereite alles vor und gebe dir einen Termin im Präsidium.“

Bettina nickte resigniert. Sie verabschiedeten sich und Katja nahm ihre Bekannte in den Arm. Die Frau von Kirchhoff hatte ganz schön was durchgemacht.

Katja fuhr ins Büro zurück, setzte Azra kurz ins Bild und rief dann bei Mondopharm an. Sie wurde mit einem Mark Leander verbunden, Chef von Robert Kirchhoff. Etwas klingelte in ihr, sie konnte es jedoch nicht fassen. Er antwortete in knappen Sätzen, dass Robert Kirchhoff freie Hand für seine Arbeit habe und dass er, Leander, nicht jederzeit im Einzelnen darüber informiert sei, wo er sich gerade aufhalte. Katja informierte ihn, dass nach seinem Mitarbeiter gefahndet wurde und forderte Leander auf, sich umgehend bei der Polizei zu melden, sobald er etwas von Kirchhoff hörte.

Der Bericht für Stemmler musste warten. Azra hatte die Adresse schnell herausbekommen, unter der Robert Kirchhoff sein Schattenleben führte. Sie verließen gemeinsam das Büro und fuhren in den Westhafen.

44

Florenz war unerträglich. Wie hatte er nur so dumm sein können, ausgerechnet in die Stadt zu fahren, in der er mit Elena so glücklich gewesen war?

Fluchtartig hatte Kirchhoff das Hotel am nächsten Morgen wieder verlassen und war Richtung La Spezia aufgebrochen. Er fuhr durch die bergige Landschaft des Apennin. Seine Knochen schmerzten, wahrscheinlich die Fahrerei. Endlich hatte er das Gebirge hinter sich gelassen. Auf dem oberen Abschnitt des Navis erschien ein blauer Streifen. Endlich das Meer.

In einem der kleinen Küstenstädtchen der Toscana kehrte Kirchhoff in einer Bar ein, bestellte sich einen Kaffee und fragte die Wirtin, ob sie eine ruhige Unterkunft abseits des Strandrummels wüsste. Er hatte Glück. Sie fragte ein wenig rum und gab ihm eine Adresse in einem Bergdorf, das weniger als eine halbe Stunde entfernt war. Den Schlüssel würde er unter der Matte finden, Formalitäten könne er später regeln. Das war ihm nur recht. Niemand konnte so seine Spur verfolgen.

Kirchhoff schrieb eine Mail an die Zentrale und reichte zwei Wochen Urlaub ein. Der stand ihm zu, wenn es auch sicher zu Irritationen führen würde, dass er ihn ohne vorherige Absprache nahm. Sollten sie doch denken, was sie wollten.

Postwendend kam eine Mail zurück. Sein Chef teilte ihm mit, dass er polizeilich gesucht wurde und verlangte seine sofortige Rückkehr. Er solle sich umgehend der Polizei stellen.

Er hatte das Gefühl, dass ihm der Boden unter den Füßen weggerissen wurde.

Das Haus war genau das, was er jetzt brauchte. Ein Steinhaus mit zwei Zimmern, einer kleinen Küche und Bad. Das Bergdorf bestand höchstens aus zehn Häusern, von denen die meisten leer standen. Er packte seine wenigen Habseligkeiten aus und setzte sich vors Haus. Sein Blick glitt über die Ebene, einige Zypressen setzten Akzente, in der Ferne war in einem schmalen Streifen das Meer zu erkennen. Seine Knochen schmerzten stärker, übel war ihm auch. Er ging ins Haus und legte sich hin.

Am nächsten Tag fuhr er in eins der Städtchen in der Nähe. In dem pittoresken Ort war Markt. Er nahm ein wenig Käse, Brot und Tomaten mit, schlenderte über den Platz, der von einem schönen Dom und alten Palazzi umgeben war.

In einer Seitenstraße kaufte er ein billiges Prepaid-Handy und ließ ein Foto von Elena vergrößern, dann lief er zurück zu seinem Auto.

Unterwegs sah er das Schild einer Arztpraxis. Er nahm sich vor, dorthin zu gehen, wenn die Schmerzen nicht besser würden. Er hinkte mittlerweile ein wenig und Übelkeit peinigte ihn.

45

Der Westhafen war schnell erreicht. Azra hatte die Hausverwaltung informiert, ein Mitarbeiter stand mit Schlüsseln bereit und begleitete sie zum Eingang. Die Eingänge der Häuserreihe lagen alle abgewandt vom Hafenbecken. Ein Grünstreifen trennte sie vom Main. Es gab kein direktes Vis-á-vis. Dort konnte man leicht ein- und ausgehen, ohne aufzufallen. Sie fuhren in den obersten Stock. Nachdem der Mann die Tür geöffnet hatte, schickten sie ihn wieder zurück. Sie zogen sich Handschuhe an.

„Wow, das nenne ich mal eine Wohnung!", staunte Azra.

Katja konnte ihr nur beipflichten. Ein lichtdurchflutetes Loft, sparsam, aber äußerst geschmackvoll eingerichtet, empfing sie. Zwei weiche Sofas in hellem Grau, ein Glastisch, moderne Designerlampen, cremefarbene Gardinen, rundherum bodentiefe Fenster, die auf eine atemberaubende Terrasse führten. Sie gingen hinaus und schauten sich einen Moment um. Die Dachterrasse gab einen weiten Blick frei vom Westhafen über das „Gerippte", wie die Frankfurter den dominanten Westhafen Tower nennen, dessen Fassade an ein geripptes Apfelweinglas erinnert, bis hinüber zu den Hochhäusern der

Bankenmetropole. Tief unter ihnen glitzerte das Hafenwasser.

Sie gingen wieder hinein und schauten sich weiter um. Außer der edlen Sitzgruppe gab es einen größeren Glasesstisch, weiße Lederschwingstühle sowie ein schmales Sideboard. Der Raum war riesig, ein dicker cremefarbener Teppichboden dämpfte jeden Schritt.

„Wäre zwar nicht mein Geschmack, aber eine Weile könnte ich es hier aushalten“, sagte Azra, dann ging sie weiter.

Die Spurensicherung war mittlerweile eingetroffen. Es war alles tipptopp aufgeräumt. Im nicht weniger geräumigen Schlafzimmer herrschten ebenfalls Pastelltöne, Chrom und Glas vor. Auf einem Beistelltischchen standen gerahmte Fotografien, sie zeigten Elena Berton Arm in Arm mit Robert Kirchhoff. Sie lachten sich an und wirkten wie Fotomodelle, vor allem Elena in ihrer vollendeten Schönheit. Allerdings hatte sich auch Robert Kirchhoff stark verändert. Aus dem spießigen Hausbesitzer, den sie vom Lago Maggiore kannte, war ein schlanker, durchaus attraktiv aussehender, vitaler Fünfziger in dezent modisch-sportlicher Kleidung geworden, soviel sie auf dem Foto erkennen konnte. Sie sahen glücklich aus.

Katja hörte einen erstickten Schrei von Azra. Sie folgte ihr durch eine weitere Tür, es war ein begehbarer Kleiderschrank. Azra stand davor und hielt die Hände vor den offenen Mund.

Wohlsortiert hingen dort Blusen, Röcke, Kleider, Hosen, feinste Wollsachen, Jacken, Mäntel.

Passend dazu gab es Regale mit Taschen, Gürteln und … Schuhe. Diese Abteilung hatte Azras Entzückensschrei hervorgerufen. Die unterschiedlichsten Modelle standen da, überwiegend die mit der roten Sohle, von deren Existenz Katja erst durch Azra erfahren hatte, Highheels in allen Farben und Ausführungen, Sandaletten, Pumps, Stiefel in allen Höhen und ein paar wenige, aber sehr edle Sneakers. Die Fülle an edler Kleidung mit passenden Accessoires erschlug Katja förmlich. Eine Kassette mit edlem Modeschmuck gab es noch und einen Safe in der Wand. Die Kommissarin konnte sich vorstellen, welch ausgesuchte Schmuckstücke sie darin finden würden.

„Wenn du dich auch so anziehen willst, solltest du beizeiten den Job wechseln."

Katja grinste Azra an und holte sie aus ihrer Verzückung.

„Oder du suchst dir den passenden Mann."

Katja schaute die Kollegin fragend an.

„Nein, war nur Spaß. Ich möchte mich nicht über einen Mann definieren, der mir sowas ermöglichen könnte. Außerdem wär selbst mir das too much."

„Brav! Alles andere hätte mich auch wirklich enttäuscht."

Sie grinsten sich an und setzten ihren Rundgang fort. Ein riesiges helles Bad sowie eine Hightechküche mit allem, was Spitzentechnik und Design heutzutage hergaben, überraschte sie schon nicht mehr. In dieser Wohnung war wirklich an nichts gespart worden. Im Badezimmer nahm Katja eine Haarbürste mit. Es steckten kurze, auch ergraute Haare in ihr.

Sie mussten Kirchhoff gehören, da er offensichtlich mit Elena in dieser Wohnung gewohnt hatte, wenn er nicht zuhause bei seiner Frau gewesen war.

Sie würde sie untersuchen lassen. Weitere Gentests könnten sie durchführen, wenn Kirchhoff wieder auftauchte. Sie wollte wissen, von wem Elena ein Kind erwartet hatte.

Im hinteren Teil der Wohnung gab es zwei weitere Zimmer. Ein Arbeitszimmer, offenbar von Kirchhoff, und ein Gästezimmer. Im Arbeitszimmer öffneten sie einige Schränke und Schubladen, fanden jedoch nichts Verdächtiges. Oft hatte er hier wohl nicht gearbeitet.

Ob die Frau hier getötet worden war? Hatte inzwischen jemand aufgeräumt und sauber gemacht? Die Spusi musste erstmal ihre Arbeit machen, dann sahen sie weiter. Auf einem Tischchen im Flur lagen Autoschlüssel.

„Mann, was muss dieser Kirchhoff ein Geld verdient haben, wenn er sich das alles noch nebenher hat leisten können. Aber dass seine Frau nichts bemerkt hat."

Azra schüttelte nachdenklich den Kopf. Katja konnte ihr nur beipflichten. Ein Pharmareferent verdiente sicher nicht schlecht. Kirchhoff war wohl auch einige Stufen hochgefallen im Laufe der Zeit, hatte mittlerweile Leute unter sich, aber ein Doppelleben auf diesem extrem hohen Niveau verschlang vermutlich unsagbar viel Geld.

Sie hatten die Bestätigung, dass Kirchhoff und Elena Berton ein Paar waren und offenbar zusammengelebt hatten. Hatte Kirchhoff seine Geliebte ermordet? Die Befragung der ehemaligen Kunden von Elena Berton hatte jedenfalls nichts ergeben. Die Herren hatten durchweg ein Alibi. Und was war mit Kirchhoff und Janek Rogowski? Hatte Kirchhoff etwas mit seinem Tod zu tun? Immerhin war er zu dem Zeitpunkt in seinem Ferienhaus gewesen. War er zum Doppelmörder geworden? Wenn ja, wie hatte es so weit kommen können?

„Ach, schau doch mal hier“, rief Azra. Sie war noch mal in die Küche gegangen und hatte einige Schränke geöffnet. Unter der Spüle lag eine Flasche Champagner im Abfall, sie war ungeöffnet.

„Wer wirft denn eine volle Flasche besten Champagners weg?“

Katja besah sich die Flasche und gab sie dann der Spurensicherung.

„Hier, bitte auch auf Fingerabdrücke prüfen.“

„Nicht trinken!“, rief Azra lachend.

Der Kollege von der Spusi rollte die Augen. Sie fuhren in die Tiefgarage und probierten den Schlüssel aus. Bei einem weißen BMW 760 Li gingen die Lichter an.

„Hätte mich auch gewundert, wenn es nicht mindestens diese Preisklasse gewesen wäre“, meinte Azra.

Katja rief per Handy einen Kollegen der Spurensicherung. Sie übergab ihm den Schlüssel.

Aus Italien waren die Fingerabdrücke von Janek Rogowski gekommen. Katja musste diesen Hans Koch noch mal vorladen, und eine Fahrt nach Basel zu Mondopharm stand ebenfalls an. Sie durfte dort nicht ermitteln, aber gegen eine Unterhaltung mit dem Vertreter des Chemieunternehmens würde wohl niemand Einwände haben. Vorher musste sie Stemmler einen Bericht schreiben, damit sie mit ihm die weiteren Schritte besprechen konnte. Und ihren Kollegen Dieter Pfaff musste sie auch endlich mal in der Klinik besuchen, das schob sie schon viel zu lange vor sich her. Fischer war zweimal bei ihm gewesen und hatte ihm natürlich Grüße ausgerichtet. Einmal hatte sie ihn auch angerufen und versprochen zu kommen, aber es hatte immer noch nicht geklappt.

Langsam gewöhnte sie sich an Azra. Die Zusammenarbeit mit ihr war besser, als sie nach dem ersten Eindruck befürchtet hatte. Vielleicht könnte Azra die Konten von Kirchhoff checken - auf dem „kleinen Dienstweg“. Dauerte ja sonst alles ewig. Sie schüttelte über sich selbst den Kopf.

46

Der Arzt war ruhig und freundlich, problemlos akzeptierte er Barzahlung und fragte nicht weiter nach, als Kirchhoff ihm erzählte, er sei quasi nur auf der Durchreise. Er hatte wohl öfter solvente Privatpatienten, die sofort bezahlten.

Er sprach gut Deutsch und fragte nach seinen Beschwerden, untersuchte ihn gründlich und nahm ihm Blut ab. Die Schmerzen hatten sich weiter verschlimmert, noch nie hatte er sich so zerschlagen gefühlt. Kirchhoff hatte keine Erklärung dafür. Sie verabredeten einen Besprechungstermin am übernächsten Tag.

Als Kirchhoff zwei Tage später dem Arzt gegenübersaß, zögert der eine Weile.

„Haben Sie etwas Ungewöhnliches gemacht in letzter Zeit? Neue Medikamente genommen? Hat sich etwas verändert in Ihrem Leben?"

Kirchhoff schüttelte verständnislos den Kopf. „Nein, wieso? Was meinen Sie? Ich habe keine Ahnung, worauf Sie hinauswollen."

Nach einer weiteren Pause erklärte ihm der Arzt die Laborwerte.

„Sie haben abnorm hohe Aluminiumwerte im

Blut. Ich meine, sie sind weit über den üblichen Werten. Woher kommt das? Haben Sie eine Erklärung dafür? Was machen Sie beruflich?"

Kirchhoff durchlief es kalt.

„Kommen meine Knochenschmerzen daher?"

„Ja, mit hoher Wahrscheinlichkeit. Ich habe solche Werte noch nie gesehen. Haben Sie beruflich mit Aluminium zu tun?", fragte der Arzt erneut.

Kirchhoff ignorierte die Fragen.

„Baut sich das Aluminium wieder ab?"

„Schwer zu sagen, ein Teil sicher, aber ich müsste wissen, wie es überhaupt in Ihr Blut gekommen ist. Wir müssen weitere Untersuchungen machen, um zu sehen, wo es sich sonst noch angereichert hat. Haben Sie Gedächtnisprobleme?"

Kirchhoff schüttelte den Kopf, er hatte genug gehört. Es gab eigentlich nur eine Möglichkeit, wie das Aluminium in seinen Körper gelangt war. Er sah den letzten Besuch bei Stelter vor sich, wie er ihm gedroht hatte, wie Stelter ihm zu trinken gegeben hatte… er fröstelte. Der Arzt beobachtete ihn.

„Haben Sie eine Ahnung, wie es passiert ist?", fragte er noch einmal.

Kirchhoff schüttelte den Kopf, verabschiedete sich überstürzt mit dem Versprechen, noch einmal zu kommen, was er nicht vorhatte, und verließ fluchtartig die Praxis.

Er fuhr wie benebelt zurück in das Bergdorf und verschanzte sich im Haus. Sein letzter Besuch bei Stelter, die Wasserflasche - woher hatte Stelter Aluminium? Was hatte er dahergeredet, sie würden ein bisschen ausprobieren? Es konnte doch unmöglich sein, dass….

Die Flasche! Er hatte sie in seine Aktentasche gesteckt. Hektisch suchte er die Tasche. Ganz unten lag die Plastikflasche.

Das Poster von Elena hing an einer freien weißgetünchten Wand, die sonnenbeschienen war. Er betrachtete es lange.

Er musste zurück nach Frankfurt. Er würde reinen Tisch machen.

47

Frau Mewes hatte sich wirklich beeilt und die gewünschten Statistiken ins Polizeipräsidium gemailt. Katja vertiefte sich in die Zahlen. Im Vergleich zum letzten Jahr hatte Haus Lohrberg zehn Tote mehr zu beklagen. Das waren schon jetzt fast dreißig Prozent mehr, dabei war der Sommer noch längst nicht vorbei. Sie rief Azra und zeigte ihr die Unterlagen.

„Hier, schau mal, ist das noch mit einem heißen Sommer zu erklären? Die Zahl der Toten ist erschreckend hoch. Besorg uns doch bitte mal Statistiken von anderen Heimen, damit wir vergleichen können, und wir brauchen auch die genauen Todesursachen."

„Dieser Bernd Stelter handelt ziemlich eigenmächtig, habe ich das Gefühl", sagte Azra.

Katja hatte einen vorläufigen Bericht verfasst und an Stemmler weitergegeben. Sie ging zu ihm. Sie würde gerne mit einem Vertreter von Mondopharm reden, um mehr über das Medikament zu erfahren, das Linderhaus an den Patienten im Heim testete. Offiziell mussten sie sowieso die Kollegen in Basel einschalten und um Amtshilfe bitten, das war ihr klar. Aber das würde dauern, bis sie neue Erkenntnisse von dort bekommen würden.

Stemmler reagierte, wie sie vermutet hatte.

„Wir haben praktisch nichts in der Hand“, sagte er missmutig. „Es ist zu früh, sehn Sie zu, dass Sie was Konkretes finden! Wenn Sie einen Zusammenhang nachweisen können, schalten wir die Schweizer Kollegen ein.“

Sie ärgerte sich, überhaupt gefragt zu haben. Vielleicht konnte der Freund Dr. Ottos ihnen weiterhelfen. Sie rief Hans Koch an und bat ihn um einen weiteren Besuch im Präsidium.

Es war zum Verrücktwerden. Sie hatten zwei Fälle, in denen es bisher keinen entscheidenden Durchbruch gab. Hatte der Anschlag in Bergen-Enkheim wirklich Dr. Otto gegolten? Und wenn ja, war er tatsächlich Machenschaften von Mondopharm auf die Spur gekommen?

Elena Berton, oder Rogowska, wie sie tatsächlich hieß, gab ihnen ebenfalls weiter Rätsel auf. Hatte Kirchhoff etwas mit ihrem Tod zu tun? Wenn nicht, wo war er dann? Warum war er untergetaucht? Katjas Gedanken drehten sich im Kreis. Mehrfach war der Name des Pharmariesen Mondopharm gefallen. Zufall?

Hans Koch wurde angemeldet und unterbrach ihren Gedankengang. Sie holte ihn am Eingang ab und nahm ihn mit in ihr Büro. Sie gingen noch mal die Gespräche zwischen ihm und seinem Freund Otto durch. Katja versuchte, ihm weitere Einzelheiten zu entlocken.

„Hatte Ihr Freund eine Idee, weswegen die Entgiftungstablette der Patientin im Altenheim hätte gegeben werden können, wenn sie wirklich für diese

Frau bestimmt war?“

„Nein, das war es ja, es ergab gar keinen Sinn! Kein Arzt würde so etwas ohne Not verschreiben. Diese Chelatbildner sind dazu da, Gifte aus dem Körper zu leiten. Sie haben erhebliche Nebenwirkungen.“

„Können Sie mir ein paar nennen?“

„Müdigkeit, Gelenkschmerzen oder Muskelkater sind die harmloseren. Kritisch wird es, wenn bei der Chelattherapie lebenswichtige Mineralstoffe und Spurenelemente mit ausgeschwemmt werden. Dadurch kann es zu einer Störung des Kalziumstoffwechsels kommen sowie in Folge zu Herzrhythmusstörungen, Krampfanfällen und Nierenversagen.“

Katja hatte dem Arzt aufmerksam zugehört. „Könnten die Todesfälle im Haus Lohrberg etwas damit zu tun haben?“

„Das hat Hans ja befürchtet, hatte aber keine Beweise dafür. Es hat ihn wütend gemacht, dass keiner der Beteiligten seine Bedenken hören wollte, dass sie ihn alle abgewimmelt haben.“

„Hat sich Dr. Otto auch direkt an Mondopharm gewandt?“

„Nein, das hätte er sicher noch getan, aber so weit ist es ja nicht gekommen.“

Sie unterhielten sich noch eine Weile, dann verabschiedete Katja den Medizinjournalisten. Das Gefühl, dass Dr. Otto tatsächlich dabei gewesen war, etwas Ungesetzliches aufzudecken, verstärkte sich immer mehr. Die Nachforschungen im Umfeld seiner Frau und des Sohnes hatten keinerlei Anhaltspunkte erbracht, dass die beiden Feinde hatten und der Anschlag ihnen gegolten hatte.

Azra hatte am Computer gearbeitet.

„Hab mal ein bisschen bei Mondopharm „gesurft.“ Sie sah Katja an.

„Was meinst du mit gesurft?“

„Na ja, du weißt schon.“

Azra wurde ihr langsam unheimlich.

„Nee, lass das mal, wir kommen noch in Teufels Küche.“

„Ich habe aber was Interessantes rausgefunden. Was glaubst du, wer der verantwortliche Pharmareferent für Linderhaus ist?“

Katja schaute sie fragend an.

„Robert Kirchhoff!“, sagte sie triumphierend.

Das war allerdings eine Überraschung. Hatten sie die falschen Fragen gestellt? Linderhaus erhielt seine Medikamente also von Kirchhoff. Alles lief irgendwie bei Mondopharm zusammen.

Katja fand eine Mappe auf ihrem Schreibtisch, die sie sich noch nicht angeschaut hatte. Die Haarprobe hatte ergeben, dass die Person, der sie gehörte, zu neunzig Prozent der Vater des ungeborenen Kindes von Elena Rogowska alias Berton war.

48

Kirchhoff hatte den Mietwagen in Pisa abgegeben und sich ein Taxi genommen. Noch gut eine Stunde bis zum Abflug nach Frankfurt. Im Reisebüro hatte er unter falschem Namen einen Flug mit Alitalia gebucht. Er hoffte, dass es keine unvorhersehbaren Kontrollen gab.

Der Flughafen war überschaubar, er kannte ihn von früher. Er ging nach draußen und vertrat sich die Beine. Die Muskelschmerzen plagten ihn wieder. Es war heiß, er schwitzte.

Sie hatten einmal Besuch von Bekannten mit Kind gehabt. Das Kind hatte seinerzeit eine CD gehört. Er erinnerte sich noch daran, dass die Lautstärke ihn ziemlich nervös gemacht hatte, eine Stelle kam mehrfach vor: „Pisaaaaa, nächster Halt Pisaaaaaa“, hatte es damals laut aus dem CD-Player des Kindes geplärrt. Wieso kam ihm das ausgerechnet jetzt in den Sinn? Wie hieß die CD noch gleich? Er hatte sie dem Kind selbst in das Gerät gelegt. Krampfhaft versuchte er sich zu erinnern. Ließ ihn sein Gedächtnis bereits im Stich? Wieviel Aluminium hatte er zu sich genommen?

Er hatte den restlichen Flascheninhalt in einem Labor in Viareggio untersuchen lassen. Da er ihnen sagen konnte, wonach sie suchen sollten, war das sehr schnell gegangen. Er hatte genug dafür gezahlt, sie stellten keine Fragen.

Es wurde Zeit. Er ging in die Abflughalle und begab sich zu seinem Schalter. Der Flug verlief ohne Zwischenfälle.

Die Wohnung konnte er vermutlich vergessen. Er checkte gleich nach Ankunft am Flughafen Frankfurt in eines der großen Hotels ein. Dort würde er am wenigsten auffallen. Die Fahndung war hoffentlich nicht auf die Hotels ausgeweitet. Er war todmüde. Als Erstes brauchte er Schlaf.

Morgen Abend würde er seinen Plan in die Tat umsetzen.

49

Stelter machte seinen Rundgang. Die Nacht war lang. Es hatte wieder zwei Tote gegeben. Langsam wurde die Sache kritisch. Linderhaus hatte nichts mehr im Griff. Es hatte nichts genutzt, diesen neugierigen Hausarzt mundtot zu machen, jetzt hatten sie die Polizei am Hals.

Kirchhoff musste die Beine bewegen, sie taten ihm wieder weh. Die Nacht im Hotel war unruhig und kurz gewesen, den Tag hatte er mit Vorbereitungen verbracht. Es war nicht allzu schwierig gewesen, an die Waffe zu kommen, war alles nur eine Frage des Preises.

Er wollte nicht aussteigen, das würde vielleicht auffallen auf dem Parkplatz. Er wusste, dass Bernd Stelter Nachtdienst hatte. Langsam wurde es dunkel, das Tagespersonal hatte schon länger Feierabend. Die Waffe fühlte sich hart und kalt an. Er wartete, wollte sichergehen. Dann stieg er aus, schaute sich um und schlich zu dem Nebeneingang.

„Na, wie viele habt ihr mittlerweile auf dem Gewissen?"

Stelter war vollkommen überrumpelt. Robert Kirchhoff stand plötzlich hinter ihm. Er hatte eine

Pistole in der Hand. War der Kerl komplett verrückt geworden?

„Was soll das? Steck das Ding weg, Mann, wenn das losgeht.“

„Halt den Mund und geh da rein!“ Er schob ihn ins Dienstzimmer.

„Habe lange genug gewartet, bis alle weg waren. Du sagst mir jetzt genau, was hier läuft, sonst kriegst du eine Kugel in den Kopf, du Dreckskerl.“

Stelter versuchte zu beschwichtigen, aber ein Blick in Kirchhoffs Augen genügte. Der meinte es bitterernst.

„Rede, ich habe nicht ewig Zeit. Am besten fängst du mal damit an, warum du mir das aluminiumverseuchte Wasser zu trinken gegeben hast.“

„Meine Güte, das war doch nicht so viel, eine kleine Warnung, sonst nichts.“

Weiter kam er nicht, Kirchhoff machte einen Schritt auf ihn zu und schlug ihm die Pistole gegen die Schläfe. Der Pfleger taumelte gegen einen Aktenschrank.

„Das war auch nur eine kleine Warnung“, zischte Kirchhoff. „Das nächste Mal tut's richtig weh, und jetzt mach das Maul auf, ich sag's zum letzten Mal! Hol die Aufzeichnungen! Ich will schwarz auf weiß sehen, was hier für Schweinereien laufen, ihr habt mich lange genug hingehalten.“

Stelter sah sich gehetzt um.

„Wenn du versuchst, mich zu linken, schieße ich dir die Knie kaputt, erst das Eine, dann das andere. Dann kannst du deinen Beruf an den Nagel hängen. Aber das kannst du sowieso, wenn ich mit dir fertig bin, also mach endlich, verdammt, du hast nichts mehr zu verlieren!“

Stelter setzte sich in Bewegung.

„Wir müssen raus auf den Flur.“

Dort gab es Spinde zur privaten Nutzung der Angestellten. Stelter schloss einen der Schränke auf und holte einen schmalen Ordner heraus.

„Hier hast du alles und jetzt steck die Knarre weg und lass mich in Ruhe.“

„Das hast du dir so gedacht. Wir gehen wieder ins Dienstzimmer, los beweg dich!“

Dort angekommen zeigte er mit einem Wink der Pistole, Stelter solle sich auf einen Stuhl setzen. Er selbst nahm am Schreibtisch Platz und öffnete den Ordner, ohne sein Gegenüber aus den Augen zu lassen.

Er überflog den Inhalt und sah seinen furchtbaren Verdacht bestätigt.

„Ihr habt die Patienten mit Aluminium vergiftet. Wessen Wahnidee war das?“

„Na, von Linderhaus, ich bin doch nur ein kleiner Angestellter.“

„Du kotzt mich an! Ohne dich hätte Linderhaus das niemals durchziehen können. Du kriegst doch schon genug Geld, hast du den Hals noch nicht voll genug?“

„Das musst du gerade sagen, wer verdient denn hier die fette Kohle, he? Außerdem bist du doch selbst dran, wenn du uns ans Messer lieferst. Also, was soll der ganz Blödsinn?“ Stelters Augen funkelten wütend.

„Das lass mal meine Sorge sein. Wie ist Linderhaus an das Aluminium gekommen?“

„Keine Ahnung, es sind Aluminiumtabletten.“

„Wieviel von dem Zeug hast du in mein Wasser getan?“

Stelter zuckte die Schultern.

„Weiß nicht mehr, ein paar Tabletten, keine Ahnung.“

„Ich will genau wissen, wieviel!“, sagte Kirchhoff drohend.

„Ich glaube, es waren sechs oder sieben Tabletten.“

„Wieviel Aluminium ist da drin?“

„Mann, keine Ahnung, frag doch deinen Kumpel, der hat’s doch besorgt.“

„Linderhaus ist nicht mein Kumpel!“

Er schaute wieder in die Aufzeichnungen.

„Ihr habt den alten Menschen jede Menge davon gegeben. Was um Gottes willen habt ihr euch von dem Experiment versprochen?“

„Linderhaus wollte schnelle Beweise, ob Aluminium wirklich Demenz fördert. Tarex hat ja nicht so gewirkt, wie wir das erhofft haben. Wem schadet’s denn noch in diesem Stadium?“

Kirchhoff fröstelte.

Dieser Test war an Verantwortungslosigkeit und Zynismus nicht zu überbieten.

„Und dann habt ihr euren Versuchskaninchen noch eine Chelattherapie verordnet, um das Aluminium wieder aus dem Körper auszuleiten, und habt sie durch die starken Nebenwirkungen und bei dem heißen Wetter direkt übern Jordan geschickt.“

„Dass es so heiß werden würde, war ja nicht vorhersehbar. Linderhaus wollte nicht nur testen, wie schnell das Aluminium wirkt, sondern auch, wie seine Versuchspersonen auf das Ausleiten reagieren. Durch die Hitze haben die Leutchen wohl zu viele Mineralstoffe verloren. Ha, aber die Ärzte haben auf Herzinfarkt oder einen Virus getippt, nur dieser Dr. Otto hat nicht lockergelassen… "

„Dann warst du das mit dem Anschlag auf den Arzt?" Kirchhoff schaute Stelter fassungslos an.

„Was hätten wir denn machen sollen, der hat doch dauernd dazwischengefunkt, und leider hat er dann diese Tablette gefunden, eine von der Chelattherapie."

Kirchhoffs Kieferknochen mahlten, er war weiß geworden. Dieser Stelter schwätzte und schwätzte, er war ein Kretin. Ein Kretin, der sich mit Hilfe eines größenwahnsinnig gewordenen Neurologen an hilflosen Menschen verging. Er spannte den Finger am Abzug seiner Pistole. Stelter schwieg plötzlich und beobachtete Kirchhoff angstvoll. Der stand auf und ging auf den Pfleger zu. Stelter wich zurück, Blut lief an seinem Gesicht herunter. Kirchhoff kämpfte mit sich, dann ließ er die Pistole sinken.

„Du kommst nicht davon, das schwöre ich dir."

Er wollte schon gehen, drehte sich noch mal um und fragte: „Hat Leander Wind von der Sache bekommen?"

„Was heißt Wind von der Sache?", jammerte Stelter, „'türlich wusste der Bescheid!"

Kirchhoff sah den Pfleger ungläubig an.

„Du glaubst, Leander wusste Bescheid?"

„Er wusste definitiv Bescheid, Mann. Linderhaus

hat ihn öfter informiert. Über deine kleine Freundin haben sie dabei auch gesprochen."

Weiter kam er nicht. Kirchhoffs Augen wurden schmal, er riss die Pistole wieder hoch, umklammerte die Waffe, dass seine Knöchel weiß hervortraten.

„Von wem sprichst du?"

„Mann, von seiner Gespielin, dieser Elena, die hat dir doch auch gefallen, die war mit Leander zusammen. Jetzt ist sie ja leider tot", setzte er boshaft hinterher.

Kirchhoff holte wieder aus, wollte zuschlagen, beherrschte sich mit Mühe, ließ es sein.

„Ihr hört sofort auf mit diesen Tests! Hast du verstanden?"

Und als Stelter nicht antwortete, schrie er ihn an: „Ob du das verstanden hast?"

„Ja, ja, zum Teufel", krächzte der und hielt sich den blutenden Kopf.

Kirchhoff nahm den Ordner und ging.

Im Hotel studierte er alle Eintragungen genau und sah seine schlimmsten Befürchtungen bestätigt.

Sie hatten den Demenzkranken *Antiphosphat Gry-Tabletten* – verabreicht, 10 Stück oder mehr über den Tag verteilt, eine Aluminiumbombe! Sie hatten so viele Aluminiumtabletten gegeben, bis sich das Aluminium in den Blutserumwerten nachweisen ließ. War es nicht schnell genug angestiegen, wurde die Tablettendosis weiter erhöht.

Die Versuchsteilnehmer hatten offenbar sehr unterschiedlich reagiert. Bei manchen war der Aluminiumpegel sofort stark angestiegen, bei anderen dauerte es länger. Inwieweit das Aluminium sich in inneren Organen festsetzte und diese schädigte, war nicht dokumentiert worden. Das schien Linderhaus nicht interessiert zu haben.

Die Vergleichsgruppe, ausnahmslos Angehörige seiner Patienten, hatten ebenfalls Aluminiumtabletten bekommen und mussten Gedächtnis- und Wissenstests absolvieren, die offenbar in der Praxis des Neurologen Linderhaus durchgeführt worden waren.

Anscheinend wollte er herausfinden, wie schnell Menschen mit oder ohne Alzheimer auf die Gabe von Aluminium mit einer Schädigung ihrer geistigen Leistungsfähigkeit reagierten. Für die Demenzkranken lagen Einverständniserklärungen zur Teilnahme an medizinischen Studien in ihren Patientenverfügungen vor, die sie in gesunden Zeiten abgegeben hatten. Die Angehörigen hatten sich zu Vergleichstests zur Verfügung gestellt. Sie hofften so sehr auf ein neues Mittel gegen Alzheimer. Über das Ausmaß dieser menschenverachtenden Versuche waren sie mit Sicherheit nicht informiert worden.

Der reine Wahnsinn war das. Auch Linderhaus musste klar gewesen sein, dass diese zynische Studie über so einen kurzen Zeitraum kaum Aussagekraft hatte.

Mit Chelattabletten hatten sie dann versucht, das Gift wieder aus dem Körper auszuleiten.

Hatte Mondopharm etwa vor, ein Alzheimermittel auf Basis der Testergebnisse entwickeln?

Der heiße Sommer und die Chelattherapie hatten den Patienten zusätzlich so viele Mineralien und Spurenelemente geraubt, dass sie letztendlich trotz ausreichender Flüssigkeitszufuhr starben.

Die Notärzte hatten sich täuschen lassen. In Pflegeheimen war das Sterben eben nichts Ungewöhnliches.

Kirchhoff war wie vor den Kopf geschlagen. Wer wusste bei Mondopharm Bescheid? Hatten sie den Neurologen einfach gewähren lassen, hatten der Einfachheit halber bei den Versuchen mit Tarex eine illegale Studie mitlaufen lassen, die offiziell niemals an Menschen genehmigt worden wäre?

Es war schon verwerflich genug, dass Mondopharm Tarex als neues Alzheimermedikament aufbauen wollte, wo es doch wegen seiner gravierenden Nebenwirkungen stark umstritten war. Es gehörte vom Markt genommen. Aber das, was Linderhaus und Stelter den Patienten mit dem Aluminiumversuch angetan hatten, war noch viel schlimmer. Er musste die Sache stoppen, um jeden Preis.

Ihm war kotzübel. Er klappte den Ordner zu.

Hatte tatsächlich Leander den Auftrag gegeben? Er konnte es sich immer noch nicht vorstellen. Aber wenn es doch so war? Die Bemerkung über Elena arbeitete in ihm. Zum zweiten Mal hatte jemand behauptet, dass Elena zu Leander gehörte. Wenn es stimmte, warum hatte sie nie mit ihm darüber geredet? Hatte ihr Tod mit den illegalen Praktiken von Mondopharm zu tun?

Er hatte nichts mehr zu verlieren, aber die anderen. Kirchhoff raffte sich auf. Er nahm den Ordner, fuhr in die Lobby des Hotels, fragte nach einem Kopierer und großen Briefumschlägen. Der Rezeptionist zeigte ihm einen der Tagungsräume, in dem es auch Büromaterial gab, und ließ ihn allein.

Kirchhoff kopierte sämtliche Unterlagen der Studie dreimal, suchte sich passende Umschläge, packte jeweils einen Satz Kopien hinein, nahm sich Ordner und Kuverts, schaute sich noch einmal um und verließ den Raum. Er legte bis auf einen Umschlag alles in den Hotelsafe.

Mit seinem Mietwagen fuhr er zum Hauptbahnhof und verstaute einen Satz Kopien in einem Schließfach. Dann fuhr er langsam durch die Nacht zurück in sein Hotel. Er würde reinen Tisch machen. Es gab kein Zurück mehr.

50

Katja hatte den Neurologen Dr. Linderhaus sowie die Leiterin des Hauses Lohrberg, Gisela Mewes, und den Pfleger Bernd Stelter für den Nachmittag bestellt. Alle sollten ein weiteres Mal befragt werden.

Azra und Fischer würden sie unterstützen.

War Robert Kirchhoff der Schlüssel zu all den offenen Fragen? Bisher gab es keine neuen Erkenntnisse über seinen Verbleib. Katja hoffte, dass die nochmalige Befragung der Menschen, die offenbar eng mit ihm zusammengearbeitet hatten, endlich Licht ins Dunkel bringen würde. Sie hatten bisher all ihre Fragen ausweichend beantwortet. So leicht kämen sie diesmal nicht davon.

Das Telefon klingelte und Katja wurde mit Hans Koch verbunden. Seine Stimme klang aufgeregt. „Ich habe einen Tipp bekommen, der Sie interessieren könnte."

„Um was geht es?"

„Es gibt einen Whistleblower." Er schwieg einen Augenblick, um die Nachricht wirken zu lassen.

„Was wollen Sie mir sagen, Herr Koch?", fragte Katja etwas ungehalten. Sie wollte sich noch auf die Befragung am Nachmittag vorbereiten und hatte keinen Kopf für andere Dinge.

„Sie wissen ja, dass ich regelmäßig Artikel für die Presse verfasse. Ich habe einen ganz guten Draht zu den Kollegen.

Jetzt rief mich ein befreundeter Journalist an und erzählte mir, dass ein Robert Kirchhoff über die Machenschaften der Pharmaindustrie auspacken will. Dabei geht es wohl vor allem um Versuche, die in Frankfurt-Seckbach gemacht wurden. Das kann doch nur das Haus Lohrberg sein oder was meinen Sie?"

Katja war jetzt ganz bei der Sache. Sie bestätigte Koch, dass Kirchhoff in der Tat für ein neues Präparat in dem Altenheim verantwortlich war, bevor er sich abgesetzt hatte.

„Seh'n Sie, mein Freund Martin hatte recht!", rief Koch triumphierend.

„Haben Sie erfahren, wo Kirchhoff sich zurzeit aufhält? Erzählen Sie mir bitte ganz genau, was Sie gehört haben."

„Es muss aber absolut unter uns bleiben, es darf vorläufig nichts an die Öffentlichkeit gelangen. Mein Kollege hat mir das unter dem Siegel der Verschwiegenheit erzählt, ich komme in Teufels Küche, wenn er erfährt, dass ich darüber geredet habe. Das wäre dann das letzte Mal, dass ich etwas von ihm erfahren würde."

„Der Mann wird polizeilich gesucht, Ihr Kollege muss uns seinen Aufenthaltsort nennen, wenn er ihn kennt."

„Die Redaktion hat bisher nur telefonisch Kontakt, soviel ich weiß."

„Erzählen Sie erstmal, dann sehen wir weiter."

„Es heißt, er sei in Frankfurt und es gäbe Unterlagen über menschenverachtende Versuche in einem Pflegeheim, außerdem will er über die Machenschaften der Pharmaindustrie berichten. Wie Ärzte gekauft werden, damit sie im Sinne der Pharmariesen berichten. Er möchte alles der Presse übergeben. Das ist hochbrisantes Material und die Kollegen schrecken davor zurück, es zu veröffentlichen. Wer legt sich schon gerne mit der Pharmaindustrie an?"

„Wem hat er es konkret angeboten?"

„Anscheinend mehreren Zeitungen."

„Will er sich mit den Leuten treffen?"

„So weit ist es wohl noch nicht. Was ich gehört habe, ist, dass er eine feste Zusage will, dass alles, was er zusammengetragen hat, genauso veröffentlicht wird. Aber das muss erstmal auf seinen Wahrheitsgehalt geprüft werden. Es könnte sich jemand ja auch nur rächen wollen."

„Herr Koch, ich brauche den Namen des Kollegen, der mit Robert Kirchhoff Kontakt hatte. Sie müssen ihn mir nennen, Robert Kirchhoff wird überall gesucht."

„Das verstehe ich. Ich werde mit ihm sprechen, ihm sagen, dass er sich mit Ihnen in Verbindung setzen soll. Bitte haben Sie Verständnis, er hat mein Wort auf Verschwiegenheit."

„Telefonieren Sie mit ihm. Bis heute Nachmittag möchte ich den Namen haben und bis dahin halten Sie mich bitte unbedingt auf dem Laufenden. Wir benötigen dringend die Aussage von Robert Kirchhoff in zwei Todesfällen."

„Hat er jemanden umgebracht?“

„Dazu kann ich Ihnen nichts sagen. Hat der Kollege keine Angaben gemacht, wo Kirchhoff sich in Frankfurt aufhält?“

„Nein, leider nicht.“

„Also, Herr Koch, heute Nachmittag möchte ich mehr wissen.“

Die Kommissarin legte auf. Sie war sicher, dass er sie sofort informieren würde, wenn es Neuigkeiten gab.

Also war Robert Kirchhoff wieder in Frankfurt. Sie bat Azra, in allen Hotels in und um Frankfurt nachzuforschen. Fischer sollte ihr helfen.

Dann wählte Katja die Verlagsnummer von Bettina Kirchhoff. Bettina meldete sich nach dem zweiten Klingeln. Katja fragte sie nach ihrem Befinden. Bettina wirkte angespannt.

„Hast du etwas von Robert gehört? Hat er sich bei dir gemeldet?“

„Nein, wieso, dann hätte ich dir doch Bescheid gegeben“, antwortete Bettina gereizt.

„Dein Mann hält sich möglicherweise in Frankfurt auf, deshalb hätte es ja sein können, dass er dich angerufen hat.“

Am anderen Ende der Leitung war es still.

„Habt ihr die Wohnung gefunden?“, fragte Bettina dann leise.

„Ja, haben wir, ging schnell nach deinen Informationen. Robert ist außerdem mit der Wohnung im Grundbuch eingetragen.“

„Wie sieht die Wohnung aus?“

„Na ja, ziemlich groß und modern.“

Katja wollte Bettina nicht unnötig mit Details wehtun.

„Und da hat er mit der Frau gelebt, die ermordet wurde?"

„Ja, es sieht so aus."

„Mein Gott, und ich habe von alldem nichts mitbekommen." Sie stöhnte.

„Du hast deinem Mann doch die Geschäftsunterlagen in euer Haus im Tessin mitgebracht. Erinnerst du dich, was in den Papieren stand?"

„Ich habe alles nur überflogen, es ging, glaube ich, um ein Mittel gegen Alzheimer, ja, das Wort Alzheimer kam einige Male vor. Aber mehr habe ich mir nicht gemerkt, ich war ja so durcheinander, ich … ich …"

„Schon gut", versuchte Katja sie zu beruhigen.

„Was macht Robert in Frankfurt? Wieso weißt du, wo er ist?"

„Wir wissen eben nicht genau, wo er ist. Wir haben gehört, dass er mit brisanten Unterlagen an die Presse gehen will. Du hast davon nichts gehört?"

„Nein, nein, ich habe keine Ahnung, mein Gott, ich habe seit dem letzten Mal überhaupt nichts mehr von ihm gehört, das habe ich dir doch gesagt!", rief sie erregt.

„Es tut mir leid, Bettina, ich muss dir diese Fragen stellen. Bitte informiere mich sofort, falls Robert Kontakt zu dir aufnimmt." Dann beendete sie das Gespräch.

Bettina saß steif an ihrem Schreibtisch. Ihr Mann war also irgendwo in ihrer Nähe. Er hielt es nicht einmal jetzt für notwendig, mit ihr zu reden. Sie fühlte sich unendlich verletzt, betrogen und weggeworfen. In diesem Moment platzte Vera Becker in ihr Zimmer.

„Wir müssen endgültig einen Sozialplan aufstellen, dem Verlag droht die Insolvenz. Ich habe schon unseren Anwalt und die Gewerkschaft angerufen. Jetzt geht's rund! Morgen haben wir den Termin beim Anwalt."

Sie schaute Bettina erwartungsvoll an. Die starrte vor sich hin, dann löste sich die Starrheit und sie begann hemmungslos zu weinen. Aus dem Nachbarzimmer kamen Kollegen gelaufen, aber niemand schaffte es, sie zu beruhigen. Schließlich riefen sie den Notarzt, der ihr eine Beruhigungsspritze gab. Sie hatte einen Nervenzusammenbruch. Vera rief ein Taxi und brachte ihre aufgelöste Kollegin nach Hause.

Im Polizeipräsidium gab Katja die Order, das Haus von Bettina Kirchhoff rund um die Uhr zu überwachen.

51

Am Nachmittag erschienen die Vorgeladenen. Die Kommissarin holte sie am Empfang ab und teilte sie zur Befragung auf. Azra nahm sich die Leiterin Gisela Mewes vor. Katja blieb mit Linderhaus in ihrem Büro und Fischer sollte Pflegedienstleiter Bernd Stelter befragen.

Gisela Mewes war offenbar ahnungslos und hatte durch die Hitze und die vermehrten Todesfälle ständig Überstunden gemacht. Die Streitigkeiten zwischen Dr. Otto, dem Neurologen und ihrem Angestellten hatte sie nicht mitbekommen. Sie machte sich ernsthaft Gedanken und beteuerte, alles zur Aufklärung beizutragen, was in ihrer Macht stand.

Der Neurologe und Bernd Stelter gaben so gleichlautende Antworten, dass eine vorherige Absprache offensichtlich war. Kirchhoff sei zwar bei ihnen gewesen, aber nur zur Übergabe des Medikaments Tarex und Besprechung der Verordnungen. Danach hatten sie ihn selten gesehen. Er sei gerade in letzter Zeit ständig unterwegs gewesen.

Katja fragte Dr. Linderhaus, wieso er verschwiegen hatte, dass Robert Kirchhoff der zuständige Pharmareferent sei und doch offenbar eng mit ihm und dem Haus Lohrberg zusammenarbeitete.

„Sie haben nicht danach gefragt", hatte er geantwortet.

Bernd Stelter hatte ein Pflaster an der Schläfe. Er habe sich bei der Arbeit am Schrank gestoßen, gab er bei Fischer an.

Über die Geliebte Elena Berton und Kirchhoffs Doppelleben wollten sie nichts mitbekommen haben. Elena Berton kannten sie zwar von einigen Empfängen, wie sie die Feiern nannten. Bei diesen Gelegenheiten sei sie allerdings mit Mark Leander zusammen gewesen. Sie hatten keine Ahnung, wer ihr nach dem Leben getrachtet hatte.

Alle hielten dicht. Ganz offensichtlich hatten sie etwas zu verbergen, sonst wäre eine Absprache nicht nötig gewesen.

Während Katja mit Azra und Fischer die Aussagen besprach, kam ein Kollege und brachte die Auswertung der Spurensicherung aus Kirchhoffs Wohnung im Westhafen. Janek Rogowski konnten ganz klar Fingerabdrücke zugeordnet werden. Außerdem gab es Fingerabdrücke einer weiteren Person an Schränken, Geschirr und anderen persönlichen Gegenständen, die wahrscheinlich zu Robert Kirchhoff gehörten.

Einige Gegenstände waren abgewischt worden. An der Flasche Champagner gab es einen Fingerabdruck, der Elena Berton zugeordnet werden konnte, außerdem einen weiteren Abdruck einer ganzen Hand. Sie befand sich am Bauch der Flasche und passte zu keinem der anderen Fingerabdrücke. Katja, Azra und Fischer nahmen eine Wasserflasche und spielten durch, wie man eine Flasche halten kann.

Fischer hielt sie in der Mitte und überreichte sie Katja.

„So würde ich eine Flasche übergeben“, sagte Fischer.

Katja nahm sie ihm ab. Sie fasste den Flaschenhals an.

„Wenn es wirklich ein Gast war, wieso gibt es von ihm keine Fingerabdrücke in der Wohnung?“, fragte Azra.

„Es könnte ihr Mörder gewesen sein. Sie kannte ihn, sie wollte keinen Champagner von ihm und hat die Flasche in den Müll geworfen.“

Katja sprach aus, was die anderen dachten.

„Er hat seine Spuren abgewischt in der Wohnung, den Champagner hat er vergessen.“

„Kann sein, kann nicht sein“, meinte Fischer pragmatisch. „Solange wir keine Vergleichsabdrücke haben, bringt uns das alles nichts.“

Die Kommissarin erhielt einen Anruf von ihrem Freund aus Italien. Seine Kollegen waren im Fall Janek Rogowski weitergekommen. Die Obduktion legte den Schluss nahe, dass Rogowski aus großer Höhe gestürzt und mehrfach auf Gestein aufgeschlagen war. Er war danach weitergeschleift worden. Als der oder die Täter ihn auf den Schienen ablegten, lebte er noch. Am Hang oberhalb der Bahnschienen hatten sie Spuren des Getöteten gefunden. Die Kollegen konzentrierten sich jetzt auf die Grundstücke und Häuser, die als Tatort eventuell infrage kamen. Sie suchten nach Spuren in dem Dorf, in dem auch ihr Ferienhaus stand.

52

Es war ruhig in der Bar um diese Zeit. Kirchhoff sah sich um. Zwei Anzugträger saßen am Tresen und unterhielten sich leise. Er sah auf die Uhr, als der Mann hereinkam. Er passte zu der Beschreibung, die er ihm am Telefon gegeben hatte. Sie kannten sich nicht. Der Mann setzte sich zu ihm.

„Sie haben was für mich?“

„Kommt darauf an. Sie kennen meine Bedingungen, können Sie die erfüllen?“

„Wir müssen die Unterlagen zuerst prüfen, das werden Sie doch verstehen?“

„Sie haben meine Garantie, dass alles den Tatsachen entspricht. Ich will, dass das so schnell wie möglich veröffentlich wird. Ich habe wenig Zeit.“

„Was wollen Sie dafür?“

Kirchhoff sah den Mann fragend an. „Sie meinen Geld?“

Der Mann nickte.

„Ich will kein Geld. Ich will reinen Tisch machen, das muss Ihnen als Erklärung genügen. Drucken Sie es? Ja oder nein?“

„Ich muss es mit meinem Chef absprechen. Geben Sie mir zwei Tage.“

„Einen Tag, sonst kriegt die Story jemand anderes."

„Sie werden das nicht so leicht los, da bekommen viele kalte Füße."

„Das überlassen Sie mir."

Kirchhoff wusste, dass der Mann recht hatte. Er hoffte, dass er anbeißen würde.

„Also gut, ich rufe Sie morgen an."

Er verschwand, ehe der Barkeeper nach seinen Wünschen hatte fragen können. Kirchhoff zahlte sein Bier und ging ebenfalls. Vor dem Ausgang stockte er. Welche Tür war es, die rechte oder linke? Einen Moment war er verwirrt, es drehte sich alles in seinem Kopf, dann drückte er die Klinke der rechten Tür und gelangte ins Freie. Er atmete tief durch, alles nur Einbildung.

Es war weder erwiesen, dass Aluminium Demenz verursachte, noch konnte es in dieser kurzen Zeitspanne wirken – oder doch?

Ihm fiel ein Unfall ein, der sich vor etlichen Jahren in England ereignet hatte. Durch den Irrtum eines Hilfsarbeiters waren große Mengen Aluminium ins Trinkwasser gelangt. Das Aluminium hatte als Flockungsmittel zur Säuberung des Wassers verwendet werden sollen. Durch den Fehler des Arbeiters war das Wasser mit der fünfhundertfachen Dosis Aluminium ins Leitungssystem gepumpt worden. In der Folge klagten viele Einwohner über die unterschiedlichsten Beschwerden. Gedächtnisverlust war eines der Hauptsymptome gewesen.

Er grübelte über Berichte im Zusammenhang mit Dialysepatienten nach. Durch die Dialyselösung, die mit Aluminium angereichert wird, entwickeln diese

Patienten erwiesenermaßen oft in sehr kurzer Zeit eine Demenz.

Kirchhoff versuchte, die Gedanken zu verscheuchen. Sein Mund war trocken, er atmete schwer. Im Hotel hatte er ausgecheckt. Morgen würde er Mark Leander anrufen. Es wurde Zeit.

53

Wie durch einen Nebel hörte Bettina Geräusche. Die Ärzte hatten ihr starke Beruhigungstabletten mitgegeben und den Rat, sich an einen Facharzt zu wenden. Mühsam öffnete sie die Augen. Das Geräusch kam aus dem Wohnzimmer. Die Medikamente und ihr Seelenzustand verhinderten, dass sie Angst fühlte, sie spürte nur eine große Müdigkeit. Langsam stand sie auf, machte die Nachttischlampe an und tastete sich durch die ansonsten dunkle Wohnung.

Auf der Terrasse stand jemand. Ihr Herz schlug plötzlich bis zum Hals, sie erkannte seine Silhouette. Es war Robert. Sie zögerte, am liebsten wäre sie umgedreht, hätte die Decke wieder über ihren Kopf gezogen, sich von allem abgeschottet. Sie öffnete die Terrassentür.

„Was willst du?“

„Lass mich bitte rein, ich muss mit dir reden.“

„Warum kommst du durch den Garten, was soll das?“

„Draußen steht ein Auto, ich nehme an, die Polizei beobachtet das Haus.“

Sie fühlte Widerwillen, ihr wurde übel. Jetzt wollte er reden, jetzt, wo alles zu spät war.

„Die Polizei sucht dich, am besten, du gehst raus und stellst dich, sonst gehe ich zu ihnen.“

Sie fühlte Wut in sich aufsteigen, gleichzeitig überforderte die Situation sie.

„Bitte, Bettina, setz dich. Ich werde mich zu gegebener Zeit stellen, aber nicht jetzt. Ich habe noch etwas zu erledigen. Bitte hör mir zu.“

„Ich will nichts hören! Du kannst meinetwegen hier schlafen, aber nur, wenn du dich morgen früh der Polizei stellst.“

Er versprach es und sie brachte ihm Decken für die Couch.

Dann redete er doch. Am nächsten Morgen war er verschwunden.

54

Er hatte Bettina belogen, er würde sich nicht stellen. Am Morgen hatte er sich leise aus dem Haus geschlichen, war durch die Gärten geflüchtet und mit dem ersten Zug nach Basel gefahren.

Der Kaffee war stark, den brauchte er jetzt. Von dem kleinen Bistro in der Innenstadt aus beobachtete er das Gewusel der Menschen, die hin- und herliefen wie Ameisen. Das Rathaus gegenüber mit seiner roten Sandsteinfassade leuchtete in der Sonne.

Er holte sein Handy aus der Tasche und wählte die Nummer von Mark Leander. Er landete in der Zentrale von Mondopharm. Der Chef war noch unterwegs, wurde aber demnächst erwartet. Er musste sich also weiter gedulden.

Langsam schlenderte er zum Rheinufer und mischte sich unter die Spaziergänger. Die Wiesen und Anlagen waren voller Menschen. Die Sonne stand hoch, es war heiß, viele lagen im Schatten und verbrachten am Ufer ihre Mittagspause, andere badeten und genossen die Wärme, wenn sie ihre nassen Körper anschließend von der Sonne trocknen ließen.

Kirchhoff sah das alles, ohne es in sich aufzunehmen. Er hatte einen Platz ausgewählt, zu dem Leander kommen sollte. Er wollte prüfen, ob er abgelegen genug sein würde, um ungestört reden zu können. Er konnte nicht einfach in sein Büro spazieren. Vielleicht würde er umgehend die Polizei informieren, falls er bei ihm auftauchte. Würde Leander sich auf ein Treffen am Rheinufer einlassen? Würde er wirklich alleine kommen oder ihn sofort nach seinem Anruf verpfeifen? Er musste es darauf ankommen lassen, vielleicht ein paar drohende Andeutungen machen.

Der Platz, den er ausgesucht hatte, war gut zu überblicken, er würde hoffentlich rechtzeitig sehen, ob Leander alleine kam. Zum Reden konnte er ihn in eine der Brückennischen drängen. Er hatte die Stelle sorgfältig gewählt.

Er setzte sich auf eine Bank, schloss die Augen und ließ die Zeit verstreichen. Am Nachmittag wählte er erneut Leanders Nummer. Diesmal war er direkt dran, atmete hörbar aus, als er Kirchhoffs Namen hörte.

„Dass Sie sich trauen, hier anzurufen. Sie verschwinden einfach von der Bildfläche, die Polizei sucht Sie, in Frankfurt geht alles drunter und drüber, und dann melden Sie sich, als sei nichts gewesen. Was ist eigentlich los mit Ihnen, Mann?“

„Darüber wollte ich mich mit Ihnen unterhalten, aber an einem ruhigen Ort.“

„Dann kommen Sie in mein Büro“, herrschte Leander ihn an.

„Nein, das ist mir zu riskant. Ich schlage Ihnen das Rheinufer vor, da könnten wir uns gegen dreiundzwanzig Uhr treffen.“

Leander war still. Dann polterte er: „Sind Sie von

allen guten Geistern verlassen? Wieso sollte ich mich mitten in der Nacht mit Ihnen da treffen? Einen Teufel werde ich tun!“

„Vielleicht überlegen Sie sich die Antwort noch mal, sonst könnte ich der Polizei ein paar interessante Details über illegale Versuche zukommen lassen.“

„Was faseln Sie da, was für illegale Versuche?“

Seine Stimme klang nicht mehr ganz so forsch.

„Sie wissen genau, wovon ich rede. Ich erwarte Sie am Rheinufer, sonst gebe ich meine Informationen weiter.“

Kirchhoff beschrieb die Stelle kurz und beendete das Gespräch.

Er musste es darauf ankommen lassen. Falls Stelter gelogen hatte, würde Leander nicht kommen. Kirchhoff war jedoch mittlerweile sicher, dass sein Chef über alles informiert war, was in Frankfurt lief.

Nach dem Gespräch rief Kirchhoff seinen Mittelsmann in Frankfurt an. Der hatte schon auf seinen Anruf gewartet und meldete sich sofort.

„Was ist, haben Sie grünes Licht bekommen?“, fragte Kirchhoff angespannt.

„Ja, ich kann Ihnen die erfreuliche Mitteilung machen, dass wir ins Geschäft kommen.“

„Gut! Die Unterlagen haben Sie. Ich gebe Ihnen eine Handynummer, unter der Sie mich jeden Abend zwischen achtzehn und neunzehn Uhr erreichen können, die restliche Zeit ist das Gerät ausgeschaltet.“

Kirchhoff gab dem Anrufer seine Nummer. Er fühlte Erleichterung.

Gegen zehn Uhr postierte er sich an einer etwas höheren Stelle, von der aus er einen guten Überblick über das Ufer und den verabredeten Platz hatte.

Kirchhoff setzte sich ins Gras. Die Pistole trug er noch bei sich. Sie war ihm irgendwie liebgeworden. Mit ihr fühlte er sich sicherer.

Er schaute sich um. Es gab nur noch ein paar Liebespärchen auf der Wiese, deren Umrisse in einiger Entfernung im Dunkeln zu erkennen waren. Dies war keine Stelle für Nachtschwärmer. Die hielten sich um diese Zeit meistens in der Nähe einiger Kneipen auf, die viel weiter oben angesiedelt waren.

Die Zeit dehnte sich. Dann sah Kirchhoff ihn kommen. Trotz der Dunkelheit strahlte der Mann in seinem Gang Kraft und Entschlossenheit aus. Leander hatte Charisma, das hatte Kirchhoff schon oft empfunden.

Kirchhoff stieg den kleinen Abhang hinunter und ging auf ihn zu.

„Was soll dieses konspirative Treffen, wo haben Sie die ganze Zeit gesteckt?“

„Ich will ein paar Antworten, die nur Sie mir geben können.“

„Mensch, was ist los mit Ihnen? Sie machen Ihre Arbeit nicht, tauchen hier unvermittelt auf, die Polizei sucht Sie. Sie haben doch komplett die Kontrolle verloren.“

Robert Kirchhoff ging nicht darauf ein.

„Was würde die Öffentlichkeit wohl von den Versuchen mit Aluminiumtabletten an wehrlosen Alzheimerkranken halten?“

Leander schwieg.

„Haben Sie diese Ungeheuerlichkeit in Auftrag gegeben?"

„Für einen Mörder führen Sie sich reichlich arrogant auf, sie sollten kleinere Brötchen backen. Sie stehen doch mit dem Rücken zur Wand!"

„Mörder? Dieser Rogowski hat doch in Ihrem Auftrag gehandelt. Ich habe mich nur gewehrt, ich wollte ihn nicht töten. Es war ein Unfall. Sie sind schuld an dem, was passiert ist!" Kirchhoff sah Leander wütend an.

„Wir mussten verhindern, dass Sie Dummheiten machen, dass Sie Mondopharm und die Studie verraten. Ich habe den Sicherheitsdienst eingeschaltet. Dass Sie dermaßen durchdrehen, konnte ja keiner ahnen. Mussten Sie den armen Mann gleich umbringen?"

„Janek Rogowski und Sicherheitsdienst? Das glauben Sie ja wohl selbst nicht."

„Er gehörte nicht direkt dazu."

Mark Leander lächelte hintergründig.

Mondopharm hatte also nicht gezögert zu handeln. Er hatte Leander völlig falsch eingeschätzt. Er kam wieder zurück auf das Aluminium.

„Sie wissen von diesen grotesken Versuchen in Frankfurt und haben nichts unternommen." Kirchhoff schüttelte angewidert den Kopf.

„Stellen Sie sich nicht so an. Es gab vor Jahren einen ähnlichen Versuch, der hat es sogar in ein Fachjournal der Aluminiumindustrie geschafft."

„Stehen Sie bei denen auf der Gehaltsliste?"

„Werden Sie nicht unverschämt!"

„Was erhoffen Sie sich von diesen schrecklichen Versuchen? Sie machen die Menschen krank, sonst nichts.“

„Wir machen die Menschen nicht kränker als sie sowieso schon sind. Wir brauchen Erkenntnisse, wie sich Aluminium auswirkt und müssen endlich ein wirksames Mittel gegen Alzheimer finden.“

„Die Versuche sind kriminell. Es gab Tote. Von welchen Erkenntnissen reden Sie denn?“

„Von der Erkenntnis zum Beispiel, dass die Patienten nach der Aluminiumgabe auch nicht dementer waren als vorher.“

Kirchhoff verschlug es die Sprache bei so viel Zynismus

Es war zum Kotzen. Kirchhoff war froh, dass er sich entschlossen hatte, die Informationen der Presse zu übergeben.

„War's das? Ich werde jetzt nach Hause gehen und Sie stellen sich am besten so schnell wie möglich der Polizei, sonst müssen wir nachhelfen.“

Leander machte Anstalten zu gehen.

„Wir sind noch nicht ganz fertig“, sagte Kirchhoff drohend. „Was wissen Sie über den Tod von Elena Berton?“

„Nichts, was soll ich darüber wissen?“

„Sie waren mal mit ihr zusammen, habe ich gehört. Oder hat ihr Tod etwas mit den schmutzigen Geschäften Ihrer Firma zu tun?“

Leander schwieg.

„Waren Sie mit ihr zusammen?“

Kirchhoff fröstelte innerlich. War es wirklich so wichtig, was Elena vor ihm gemacht hatte? Sollte er nicht Leanders Rat folgen und einen Schlussstrich ziehen, sich stellen, wie er es seiner Frau versprochen hatte? Aber etwas trieb ihn weiter, er fühlte sich wie ein Wild, das Witterung aufgenommen hat.

„Was geht Sie das an, verdammt noch mal?"

Kirchhoff spürte, dass Leanders Haltung sich verändert hatte. Eigentlich wollte er nur die merkwürdigen Andeutungen verstehen, die sowohl Rogowski als auch Bernd Stelter wegen Elena gemacht hatten, aber plötzlich war da etwas anderes.

Der Chef von Mondopharm hatte ihn beobachtet.

Er straffte sich und sagte kalt: „Sie war meine Geliebte, bis zum Schluss."

Kirchhoff kniff die Augen zusammen.

„Das ist eine verdammte Lüge! Elena und ich waren ein Paar, schon lange, wir haben uns geliebt."

Leander lachte rau.

„Sie gehörte mir, ich habe sie hin und wieder auf meine Mitarbeiter angesetzt, vor allem, wenn es galt, sie für eine Sache zu gewinnen. Wenn Elena ins Spiel kam, ging alles ganz schnell, da sind alle Bedenken ruck zuck über Bord geworfen worden. Sie waren nicht der Einzige, der sich einbildete, die Frau mit seinem Charme erobert zu haben." Er lachte freudlos.

Kirchhoff konnte nicht glauben, was er da hörte. Wieso hatte Elena ihm nie etwas davon erzählt? Hatte sie sich geschämt? Ihre Gefühle für ihn waren echt gewesen, da war er sich ganz sicher, sowas konnte keiner spielen. Aber hatte Rogowski sich nicht ähnlich geäußert?

Leander sprach weiter, als müsse er sich etwas von der Seele reden.

„Ich habe ihr jeden Wunsch erfüllt, was hatte sie denn, als sie nach Deutschland kam? Nichts, gar nichts, außer ihrem schönen Körper. Ich habe dafür gesorgt, dass sie ihn richtig einsetzt, dass der Rubel rollt, ha ha, alle waren verrückt nach ihr, aber ich habe sie wirklich besessen, sie war mir hörig, ich musste nur mit dem Finger schnippen, dann…"

„Was reden Sie für einen Blödsinn? Elena wusste genau, was sie wollte, sie war stark und intelligent."

„Ja, so intelligent, dass sie sich von Ihnen das Kind hat andrehen lassen, die dumme…", er schwieg abrupt.

Kirchhoff starrte ihn an, alles Leben schien aus ihm zu entweichen. Er konnte das Gehörte nicht einordnen. Elena schwanger? Seine Eingeweide krampften sich zusammen. Wieso… warum ….?

Sein Gehirn arbeitete verlangsamt. Wie durch einen Nebel sah er Leanders verdutztes Gesicht. Der hatte begriffen, was für einen eklatanten Fehler er begangen hatte.

In Kirchhoff kam langsam wieder Leben. Er ging auf den Mann zu, von dem er einmal so viel gehalten hatte. Leander wich zurück, wollte etwas sagen, Kirchhoff schnitt ihm das Wort ab.

„Sie waren bei ihr!", stieß er hervor. Es war keine Frage.

Schlagartig wurde ihm alles klar. Elena hatte tatsächlich zu Leander gehört, alle hatten nach seiner Pfeife zu tanzen, das war unübersehbar, aber dann war Elena ausgebrochen. Dass sie wahre Gefühle investieren würde, damit hatte Leander nicht gerechnet, und schon gar nicht, dass ein Kind ins Spiel kommen würde und ihm alles kaputt zu machen drohte. Wollte Elena ihn deswegen so dringend sprechen, um ihm von der Schwangerschaft zu erzählen? Oder hatte sie ihn warnen wollen, weil sie wusste, dass Leander auftauchen würde? Dass er gefährlich werden konnte? War sie in seine Geschäfte eingeweiht gewesen, hatte Kontakt zu Leander bis zum Schluss?

„Sie waren bei ihr“, sagte er noch einmal, „was wollten Sie bei Elena?“

Leander wich wieder ein Stück zurück.

„Nichts, lassen Sie mich in Ruhe, Sie Verrückter, sonst rufe ich die Polizei.“

„Was wollten Sie bei ihr? Los, reden Sie!“

Mark Leander blickte plötzlich in den Lauf einer Waffe.

„Sie sind ja wahnsinnig, total durchgeknallt“, rief er.

Aber Kirchhoff wirkte absolut ruhig. Kalt blickte er den Chef von Mondopharm an.

„Ich will wissen, was passiert ist. Reden Sie! Ich habe nichts mehr zu verlieren.“

Er war keineswegs so ruhig, wie es den Anschein hatte. Jeder Muskel war angespannt, seine Nerven vibrierten. Er musste Gewissheit haben, ob diese entsetzliche Vermutung, die wie ein Flash vor ihm aufgetaucht war, stimmte.

„Sie Idiot! Hätten Sie die Finger von ihr gelassen, nichts wäre passiert. Ich habe sie aus dem Dreck geholt, nicht Sie! Sie hatte doch nichts, alles habe ich ihr gegeben, Wohnung, Kleider, Schmuck, sie hat alles von mir bekommen, was sich eine Frau wünschen kann, und dann kommen Sie daher, ein Nichts, ein Niemand! Warum mussten Sie sie schwängern? Elena und Mutter – aberwitzig!"

Er gab wieder ein trockenes Lachen von sich.

„Sie wollte nicht zu Ihnen zurück, da haben Sie ihr den Hals zugedrückt. War es so?"

„Ach, lass mich doch in Ruhe, du Idiot."

„Reden Sie oder ich drücke ab!", sagte Kirchhoff. Sein Puls ging schnell.

Leander zögerte, Kirchhoff presste die Waffe stärker gegen seine Schläfe.

„Sie hat mich ausgelacht, als ich ihr mehr Geld und eine größere Wohnung angeboten habe. Behalte dein Geld, hat sie gesagt, das, was ich jetzt habe, ist mit Geld nicht zu bezahlen.

Kirchhoff spürte dumpfe Verzweiflung.

Leander sah ihn kalt an. „Wenn ich sie nicht haben kann, kriegt sie keiner und du kleiner Wicht schon gar nicht!"

Alles brach in ihm zusammen. Leander hatte sein Leben zerstört.

Er drückte ab. Leander sackte langsam zu Boden. Kirchhoff drehte sich um und verschwand in der Dunkelheit.

55

Die Zeitung lag auf ihrem Tisch. Katja hatte sie sofort auf dem Weg ins Präsidium gekauft, nachdem Hans Koch sie am Vorabend informiert hatte, dass die Geschichte von Robert Kirchhoff gedruckt werden würde. Azra hatte herausgefunden, in welchem Hotel er abgestiegen war. Als sie dort ankamen, hatte er bereits wieder ausgecheckt.

Katja nahm die Zeitung in die Hand. In großen Lettern sprang ihr die Überschrift entgegen: „PHARMAREFERNT PACKT AUS!"

Darunter in kleinerer Schrift: „Unmenschliche Versuche in Altenheim."

Ihr wurde übel beim Lesen. Sie lief zur Toilette und übergab sich. Dann ging sie an ihren Platz zurück und las weiter. Azra war hereingekommen und beugte sich ebenfalls über die Zeitung.

„Das gibt es ja wohl nicht, solche Versuche in der heutigen Zeit. Kannst du das glauben?"

Auch Katja fiel es schwer, sich das vorzustellen. War Kirchhoff durchgedreht? Allerdings machte er detaillierte Angaben über Dr. Joachim Linderhaus und den Pfleger Bernd Stelter, die er als die Verantwortlichen nannte. Man habe ihn sogar ausschalten wollen, indem man ihn mit Aluminium vergiftet und krank gemacht habe.

„Das hört sich ja reichlich abenteuerlich an." Katja schüttelte den Kopf beim Lesen. Ihr wurde wieder übel, sie musste nochmals rausrennen. Als sie zurückkam, sah Azra sie prüfend an.

„Ich weiß nicht, was mit mir los ist, muss was Falsches gegessen haben."

Sie lasen weiter. In dem Artikel wurde behauptet, dass der Hausarzt Dr. Martin Otto ausgeschaltet worden war, weil er den festgestellten Todesursachen misstraut und Nachforschungen angestellt hatte.

Katja und Azra waren fassungslos.

„Aufgrund dieses Artikels müssen wir auf jeden Fall einen Durchsuchungsbeschluss sowohl für die Praxis dieses Dr. Linderhaus als auch für das Pflegeheim bekommen. Wir müssen alles durchsuchen. Wenn das stimmt, was Kirchhoff da aufgeschrieben hat, kommen wir vielleicht auch im Fall Otto weiter."

„Hoffentlich gelingt es uns, Beweise zu finden", sagte Azra.

Katja ging zu Burkhardt Stemmler, gab ihm die Zeitung und setzte ihn in knappen Worten ins Bild. Er zögerte.

„Und wenn das die paranoiden Wahnvorstellungen eines Durchgeknallten sind, was machen wir dann?"

„Wir müssen es auf jeden Fall versuchen. Aber wenn etwas dran ist, müssen wir schnell handeln. Die lesen schließlich auch Zeitung und haben Zeit, ihre Unterlagen zu vernichten."

In dieser Hinsicht musste ihr Stemmler recht geben. Wenn sie handeln wollten, durfte nicht unnötige Zeit verstreichen.

„Wir hatten ja schon vorher das Gefühl, dass mit diesem Dr. Linderhaus und dem Pfleger Stelter nicht alles stimmt, hatten aber bis jetzt keine Handhabe, etwas zu unternehmen. Sie verfügen übrigens beide über ein recht üppiges Bankkonto."

„Woher wissen Sie das denn?" Stemmler sah die Kommissarin erstaunt an.

„Wir haben es, äh, zufällig herausgefunden, es wurde ja bisher nicht verwendet, äh, wenn es wichtig wird, gibt es natürlich eine offizielle Anfrage bei den Banken."

Stemmler ließ es dabei bewenden. Dann gab er seine Zustimmung und versprach, umgehend die Durchsuchungsbeschlüsse beim Staatsanwalt zu erwirken.

Innerhalb einer Stunde hatten sie das Gewünschte und legten los.

Zeitgleich wurden die Praxis von Dr. Joachim Linderhaus und die Geschäftsräume des Hauses Lohrberg von Polizeibeamten durchsucht. Linderhaus hatte offenbar versucht, Akten zu vernichten, was ihm in der Kürze der Zeit nur unvollständig gelungen war. Sie nahmen ihn vorläufig fest. In seiner Wohnung, die ebenfalls durchsucht wurde, beschlagnahmten sie Medikamente und Unterlagen, die hoffentlich seine Schuld beweisen würden.

Bernd Stelter hatte dienstfrei. Im Haus Lohrberg sammelten die Beamten alles ein, was mit dem Pflegedienstleiter zu tun hatte. Gisela Mewes, die Leiterin, war völlig außer sich.

Katja und Azra standen mit weiteren Kollegen vor Bernd Stelters Wohnung. Sie mussten mehrmals läuten, bis der verschlafene Pfleger an die Tür kam und öffnete. Außer Studienunterlagen aus dem Haus Lohrberg, die bei ihm zuhause nichts zu suchen hatten, fanden sie eine Anleitung zum Bombenbau und Materialen, die dazu benötigt wurden. Er wurde ebenfalls festgenommen.

Es war ein anstrengender Tag gewesen. Die beiden Verdächtigen verwickelten sich in Widersprüche, machten unterschiedliche Angaben und beschuldigten sich gegenseitig. Die sichergestellten Unterlagen mussten erstmal ausgewertet werden.

Anders verhielt es sich mit den gefundenen Gegenständen und der Anleitung zum Bombenbau. Sie hofften, Bernd Stelter damit als Täter überführen und so den Mordversuch auf den Arzt Dr. Martin Otto aufklären zu können.

Die Kommissarin wollte eben nach Hause fahren, als sie ein Anruf der Polizei in Basel erreichte: Mark Leander, Chef von Mondopharm, lag im Krankenhaus in Basel. Er beschuldigte Robert Kirchhoff, ihn niedergeschossen zu haben.

Katja war todmüde. Gerd erwartete sie, er hatte gekocht. Eigentlich wollte sie sich am liebsten ins Bett legen, die Decke über dem Kopf, nichts sehen, nichts hören. Endlich fand sie einen Parkplatz und stieg die Treppenstufen zu ihm hoch. Zusammen mit Marie öffnete er die Tür. Beide strahlten sie an. Katja vergaß die Müdigkeit, ließ sich von Gerd und

Marie umarmen, die ihr fast die Luft nahm, so fest drückte sie zu. Gerd sah sie prüfend an.

„Du siehst erschöpft aus, war es heute so anstrengend im Büro?“

Katja nickte, sie würde ihm später davon erzählen, jetzt wollte sie die offensichtliche Freude der beiden nicht trüben. Gerd hatte gefüllte Lende mit zarten Bohnen gekocht, und Marie sprudelte heraus, dass sie fleißig geholfen hatte. Zum Nachtisch servierten die beiden eine sehr gelungene Creme Brulée. Von dem Wein, den Gerd eingegossen hatte, nippte Katja nur. Er schmeckte ihr nicht, sie fühlte sich irgendwie krank. Gerd sah Marie verschwörerisch an.

„Wir haben eine Neuigkeit.“

Die Kommissarin schaute fragend.

„Meiner Mutter geht es wieder viel besser und ich habe eine kleine Wohnung für sie hier ganz in der Nähe gefunden. Ist das nicht toll?“

Katja freute sich ehrlich für ihn. Hoffentlich ging das gut und seine Mutter konnte sich an die neue Umgebung gewöhnen.

„Und weißt du, was ich mache?“, funkte Marie begeistert dazwischen. „Ich bekomme ein Zimmer im Wohnheim, direkt neben meiner neuen Freundin, die ich hier kennengelernt habe!“

„Ja, ist das nicht toll, dass sich alles so schnell so gut entwickelt hat?“

Katja nickte bestätigend und versuchte, die Begeisterung der beiden zu teilen. Es gelang ihr nicht ganz, sie fühlte sich einfach zu mies. Gerd sah, wie schlecht es ihr ging, und bestand darauf, dass sie diesmal bei ihm übernachtete. Marie erklärte er, dass es Katja nicht gut gehe. Sie kam zu ihr, umarmte und streichelte sie. Katja war zu müde, um zu widersprechen. Sie gingen bald ins Bett, Gerd nahm sie in den Arm. Sie schlief augenblicklich ein.

Am nächsten Morgen ging es ihr etwas besser. Sie versprach Gerd, sich einen Termin beim Arzt geben zu lassen. Vorher musste sie auf jeden Fall ins Büro. Gerade jetzt konnte sie sich keine Krankheit leisten.

Es würde schwer werden, Linderhaus und Stelter die illegalen Versuche an ihren Patienten nachzuweisen, ganz abgesehen davon, dass Robert Kirchhoff weiterhin flüchtig war.

Was war los mit diesem Mann? Wenn die Aussage von Mark Leander stimmte, stand zumindest fest, dass Robert eine Schusswaffe besaß und sie benutzt hatte. Die Kollegen am Lago Maggiore waren inzwischen fündig geworden. Sie hatten Spuren des Opfers Janek Rogowski auf der Terrasse von Bettina und Robert Kirchhoff sichergestellt. Das Haus war ebenfalls untersucht worden, jedoch ohne weitere Ergebnisse. Die Nachbarin hatte den Beamten Einlass ins Haus gewährt, nachdem sie vorher mit Bettina telefoniert hatte. Sie besaß einen Zweitschlüssel.

Die Kollegen in Italien informierten Frankfurt, dass eine Aussage von Bettina Kirchhoff dringend erforderlich sei.

Robert Kirchhoff wurde nun mit internationalem Haftbefehl gesucht.

56

Am Nachmittag wurde ihrem Büro ein dicker Umschlag zugestellt. Katja rief Hans Koch an und bat ihn um Unterstützung. Er versprach, so schnell wie möglich zu kommen. Robert Kirchhoff hatte wohl auf Nummer sicher gehen wollen. Parallel zur Veröffentlichung in den Medien hatte er der Kommissarin sämtliche Original-Unterlagen zugeschickt, die zur Aufklärung der kriminellen Machenschaften nötig waren. Sein Name stand zwar nicht auf dem Umschlag, aber wer sonst hätte ihn schicken sollen.

Die Kommissarin wurde nicht recht schlau aus dem Inhalt. Hans Koch musste ihr helfen.

Als der Medizinjournalist kurze Zeit später eintraf, hatte er Neuigkeiten für Katja.

„Stellen Sie sich vor, mein Freund Martin ist aufgewacht!" Er strahlte.

Das war endlich mal etwas Erfreuliches.

„Wie geht es ihm? Ist er schon wieder ansprechbar?"

„Das schon, allerdings geht alles noch sehr langsam, er wird eine ganze Weile brauchen, bis er wieder der Alte ist. Er war schockiert, als ich ihm erzählte, dass er mit seinen Vermutungen recht gehabt hat. Er hofft wie wir, dass die Verantwortlichen zur

Rechenschaft gezogen werden."

Dann sah er sich die Papiere an. Er schüttelte immer wieder den Kopf und murmelte nach einer Weile:

„Eine unglaubliche Schweinerei!"

Katja wartete ab, während Koch die Unterlagen studierte.

„Hier können Sie sämtliche Details über das sogenannte Experiment nachlesen, zu dem sich die Herren hergegeben haben, die damit befasst waren. Dieser Bernd Stelter war ja jederzeit nah genug dran an den Patienten. Da ich davon ausgehe, dass dieser Robert Kirchhoff damit nichts zu tun hatte, sonst würde er ja nicht im Nachhinein den Whistleblower spielen, muss der Neurologe die Medikamente besorgt und die Sache geleitet haben." Er schüttelte wieder den Kopf.

„Unglaublich, dass so etwas passieren konnte!"

„Was meinen Sie?"

„Sie haben den alten kranken Menschen zu Testzwecken hohe Dosen Aluminium verabreicht. Man hat sie quasi vergiftet."

„Meinen Sie, dass Mondopharm davon gewusst hat?"

„Ich kann mir beim besten Willen nicht vorstellen, dass Linderhaus auf eigene Rechnung gehandelt hat. Das Ziel muss gewesen sein, diese Versuche irgendwo zu veröffentlichen, sie wollten ja etwas beweisen damit."

„Und was könnte das sein?"

„Ich nehme an, dass es Mondopharm entweder

um den Beweis ging, dass Aluminium keinerlei Einfluss auf die Alzheimerkrankheit hat, oder sie erhofften sich das Gegenteil und wollten ihr Medikament weiterentwickeln, um damit vielleicht einen Durchbruch zu erzielen." Er blätterte weiter.

„Soviel aus den Unterlagen zu ersehen ist, hat das ursprünglich getestete Medikament Tarex versagt. Kirchhoff war für das Medikament verantwortlich und hat wohl anfangs mit Linderhaus und Stellter zusammengearbeitet. Es gab nur zu Beginn ein paar Erfolg versprechende Ansätze, die sich jedoch in keiner Weise bewahrheitet haben. Mondopharm hatte sich offenbar sehr viel von Tarex versprochen und komplett verrechnet. Daraufhin begann der Neurologe Linderhaus zusammen mit dem Pfleger die Tests mit Aluminiumtabletten an den Patienten."

„Es sind also praktisch Versuche mit Tarex und dann mit den Aluminiumtabletten gemacht worden?"

„Ja, genau. Wie immer geht es um enorm viel Geld. Die Pharmaindustrie sucht fieberhaft nach neuen Medikamenten, die den Durchbruch bei einer so weitverbreiteten Erkrankung wie beispielsweise Alzheimer bringen. Wer als Erster einen Wirkstoff findet, scheffelt Milliarden."

„Hätte man denn auf Basis dieser Tests überhaupt ein wirksames Mittel entwickeln können?"

„Wohl kaum. Es ist ein Wahnsinn, was da passiert ist. Ich weiß nicht, ob sie geglaubt haben, auf Basis der Chelattherapie ein neues Medikament entwickeln zu können. Die Zeit war außerdem viel zu kurz, um den Einfluss von Aluminium auf Alzheimer zu erkennen. Abgesehen davon, dass dieser Versuch derartig menschenverachtend ist, dass einem ganz übel wird."

In der Praxis des Neurologen waren Fragebögen gefunden worden, die offensichtlich mit der Studie zusammenhingen. Auch Blutwerte und andere Parameter waren vermerkt. Da die Bögen anonym ausgefüllt worden waren, lud Katja die Mitarbeiterin von Linderhaus vor, um mehr zu erfahren.

Die Frau stellte sich zuerst dumm, hatte angeblich nichts damit zu tun gehabt. Erst nachdem die Kommissarin sie unter Druck setzte und ihr mitteilte, dass sie wegen Beihilfe zu einer Straftat angeklagt werden könne, gab sie ihr Wissen preis.

Sie hatte die Befragungen der Menschen, deren demenzkranke Angehörige im Haus Lohrberg untergebracht waren, abends nach Ende der normalen Sprechstunde durchgeführt und dokumentiert. Die Leute hätten freiwillig mitgemacht, sie wollten ihren Familienangehörigen helfen.

Katja fragte sich, ob die Assistentin wirklich so naiv oder einfach nur kaltschnäuzig war.

„Können Sie mir Namen der Teilnehmer nennen, die Sie befragt haben?"

„Nein, es sollte ja anonym bleiben."

„Es sind also nirgendwo Namen festgehalten worden?"

„Nein."

„Auch dann nicht, wenn Laborwerte eingetragen wurden?"

„Nein. Das hat der Doktor gemacht."

„Sie kannten aber doch sicher einige der Leute

aus dem Praxisalltag."

„Kaum jemand, die meisten waren mir absolut unbekannt."

„Ich brauche ein paar Namen, denken Sie nach!"

Die Frau ging Katja tierisch auf die Nerven. Sie schien emotionslos und hatte offenbar kein Interesse, der Polizei zu helfen.

„Was haben Sie dafür bekommen?", fragte die Kommissarin.

„Wieso, was meinen Sie?"

„Stellen Sie sich bitte nicht dümmer als Sie sind. Es war doch offenbar eine Sonderarbeit nach Dienstschluss, und ich nehme an, Dr. Linderhaus hat sich für Ihren Einsatz entsprechend erkenntlich gezeigt."

Nach einigem Zögern gab sie es schließlich zu. Der Arzt hatte ihr ein erkleckliches Sümmchen gezahlt. Kein Wunder, dass sie fröhlich mitgemacht hatte und ihn decken wollte.

„So, und jetzt schreiben Sie mir die Namen der Teilnehmer auf, die Sie erkannt haben, sonst behalte ich Sie gleich hier, vielleicht hilft das Ihrem Gedächtnis etwas auf die Sprünge."

Azra schaute erstaunt von ihrem Schreibtisch hoch. So kannte sie Katja gar nicht.

Bei der Mitarbeiterin von Linderhaus wirkte es jedenfalls. Sie schrieb vier Namen auf, mehr habe sie nicht erkannt.

„Na, geht doch. Sie können jetzt gehen."

Sie war froh, als die Frau draußen war.

„Was ist denn mit dir los? So gereizt habe ich dich noch nie gesehen", sagte Azra.

„Keine Ahnung, die Frau hat mich einfach genervt. Ich glaube, ich bin überarbeitet."

57

Nach und nach luden sie jetzt die Angehörigen vor oder besuchten sie zuhause, da es sich in der Regel um alte Menschen handelte. Gisela Mewes gab ihnen weitere Namen, sie passte die Angehörigen bei Besuchen im Heim ab und fragte, ob sie zu der Vergleichsgruppe der Studie von Dr. Linderhaus gehörten.

Die meisten der Befragten hatten keine Ahnung, was eigentlich getestet worden war. Sie hatten einfach mitgemacht, um ihren Angehörigen zu helfen. Sie klammerten sich an jeden Strohhalm.

„Dr. Linderhaus hat uns doch erklärt, dass dieser Test sehr wichtig für ein neues Medikament gegen Alzheimer ist. Deshalb habe ich mitgemacht“, war die wiederkehrende Antwort, die Katja oder Azra auf ihre Fragen bekamen.

Es ging nicht allen gut. Einige der Befragten litten offenbar unter Nebenwirkungen der verabreichten Substanz, die ihnen der Neurologe verordnet hatte. Katja empfahl den Befragten, gegen das Pharmaunternehmen Mondopharm zu klagen.

Danach sahen sie sich die Liste von Gisela Mewes über die Todesopfer der letzten Zeit an. Nicht ein einziges Mal hatte der Notarzt unter Todesursache „ungeklärt“ eingetragen. Sonst hätte Dr. Otto längst eine Handhabe gehabt, die Leichen in der Gerichtsmedizin obduzieren zu lassen. Er war kurz davor gewesen, seinen Verdacht wegen der gehäuften Todesfälle der Polizei zu melden. Das hatten Linderhaus und Stelter auf übelste Weise zu verhindern gewusst.

Katja ging zu Burkhardt Stemmler. Er sollte die Genehmigung zur Exhumierung von einigen der Verstorbenen einholen. Sie mussten unbedingt die genaue Todesursache herausfinden.

Die Festgenommenen wurden weiter verhört.

Der Neurologe Linderhaus sah keine Schuld bei sich, er habe nur im Auftrag gehandelt. Wenn überhaupt, sei Robert Kirchhoff verantwortlich, von ihm habe er Order erhalten. Im Übrigen sei alles mit der Zentrale in Basel abgesprochen gewesen.

Wenigstens im Fall Martin Otto konnten sie einen Erfolg verbuchen. Das Material, das sie in der Wohnung von Bernd Stelter gefunden hatten, passte zu der Bombe, die das Auto der Familie hatte explodieren lassen. Stelter gestand die Tat. Schuld sei jedoch Linderhaus, er habe ihn gedrängt, dem Arzt Angst zu machen. Er selbst habe die Explosionskraft der Bombe unterschätzt. Er habe niemanden ernsthaft verletzen wollen.

Vermutlich hatte ihm sein Anwalt zu dieser Aussage geraten. So war ihm eine Tötungsabsicht nicht nachzuweisen, die Strafe würde vielleicht geringer ausfallen.

Für seine Handlungen im Pflegeheim wollte der Pfleger keine Verantwortung übernehmen. Robert

Kirchhoff und Dr. Linderhaus seien diejenigen, die ihm Order gegeben hatten, er habe immer nur auf Anweisung gehandelt.

Die Aufzeichnungen von Robert Kirchhoff, die Katja geschickt worden waren, zeichneten ein anderes Bild des Pflegers. Er hatte offenbar Allmachtsfantasien und aus diesen heraus völlig verantwortungs- und skrupellos gehandelt. Während seiner vielen freiwilligen Nachtdienste war es besonders häufig zu Todesfällen gekommen. Es drängte sich die Frage auf, ob Stelter bei einigen Patienten sogar bewusst nachgeholfen hatte, indem er die Dosis der verschiedenen Mittel über die Anweisung von Linderhaus hinaus erhöht hatte.

Die Medien spielten verrückt. Nachdem der erste große Bericht in der Zeitung die Aufmerksamkeit der Öffentlichkeit geweckt hatte, stürzten sich alle auf das Thema.

In Talkshows von *hart aber fair* über *Anne Will* bis hin zu *Maybritt Illner* oder *Maischberger* wurde über Alzheimer diskutiert. Kirchhoff als Whistleblower war in aller Munde. Seine Offenlegung über menschenverachtende Versuche mit hohen Aluminiumgaben an wehrlosen Menschen im Pflegeheim erschütterte die Gemüter.

Die Zeitungen widmeten sich ebenfalls ausgiebig dem Thema. Es gab endlose Leserbriefe. Katja las einen ausführlichen Artikel über das Thema Patientenverfügung, in dem erklärt wurde, dass klinische Studien an nicht mehr einwilligungsfähigen Patienten auch möglich sind, wenn diese selbst keinen direkten

Nutzen davon haben. Bedingung ist, dass die Betroffenen vorab im Vollbesitz ihrer geistigen Kräfte ihre schriftliche Zustimmung für solche gemeinnützigen klinischen Forschungen gegeben haben.

Das bedeutete im Klartext, dass Demenzkranke ihre Genehmigung nicht mehr zurückziehen können. Tests können auch dann durchgeführt werden, wenn sicher ist, dass den Getesteten damit nicht geholfen werden kann. Es reicht die Aussicht, dass andere Menschen zu einem späteren Zeitpunkt eventuell etwas davon haben.

Katja Lehmann gruselte es bei dem, was sie las, auch wenn das Thema nicht neu war.

Abgesehen davon, dass Kirchhoff ein Verdächtiger war und gesucht wurde, hätte sie ihn liebend gerne persönlich zu vielem befragt. Aber Robert Kirchhoff war und blieb wie vom Erdboden verschluckt.

58

Er stand im Wohnzimmer und schaute auf den See. Eine große Ruhe war in ihm. Er hatte alles erledigt. Sein Plan würde funktionieren. Kurzzeitig spürte er wieder dieses Fremdheitsgefühl in sich, eine plötzliche Leere im Kopf, eine kurze Desorientierung. Aber das konnte nicht Alzheimer sein, so schnell würde Aluminium nicht wirken. Er bildete sich das alles nur ein.

Draußen vernahm er ein Geräusch. Er ging zur Haustür. Als er sah, wer draußen stand, lächelte er.

Am nächsten Morgen schloss er das Haus sorgfältig ab, ging zu seinem Wagen und fuhr los.

Die engen Straßen am Ufer des Sees waren ihm vertraut. Er musste immer wieder bremsen, dann das lange Stück, auf dem er Gas geben konnte, das Pedal durchtreten, die nächste scharfe Kurve, jetzt wieder bremsen…, sein Fuß trat ins Leere, die Felswand raste auf ihn zu.

Als sie ihn aus dem völlig zertrümmerten Wagen herausschnitten, zeigte sein Gesicht noch immer diesen erstaunten Ausdruck.

59

Der Tod von Robert Kirchhoff schlug ein wie eine Bombe. Jetzt hatten die Medien ein neues interessantes Thema. Wilde Verschwörungstheorien machten die Runde, von Mord war die Rede. Hatte jemand das Auto des Pharmareferenten manipuliert oder ihn auf der Autobahn abgedrängt? Steckte das Pharmaunternehmen dahinter, dem er mit seinen Veröffentlichungen vermutlich immensen Schaden zugefügt hatte?

Auch im Präsidium herrschte Aufregung. Katja war bestürzt. Die arme Bettina. Sie hatte weiß Gott genug durchgemacht in letzter Zeit, und jetzt auch noch das. Sie würde zu ihr fahren und persönlich mit ihr reden.

Den ganzen Morgen hatte sie wieder eine leichte Übelkeit empfunden. Kurzentschlossen rief sie ihren Hausarzt an. Wenn sie sich sofort auf den Weg machen würde, könne er sie einschieben, bot ihr die Sprechstundenhilfe an.

Zwei Stunden später saß sie wieder im Auto, fuhr Richtung Main, bog zu den *Rudererdörfern* ein und suchte sich einen Parkplatz am äußersten Ende des Platzes, der noch nicht sehr frequentiert war.

Sie wollte jetzt keine Menschen sehen. Sie öffnete das Fenster, starrte durch die Windschutzscheibe auf den Fluss, ein Ausflugsboot tuckerte langsam vorüber. Die Hitze kroch in ihren Wagen.

„Gratulation, Sie sind schwanger", hatte der Arzt gesagt. Katja Lehmann hatte ihn angeschaut. Hätte er ihr auf Japanisch *Guten Tag* gesagt, es hätte die gleiche Wirkung gehabt.

Wieso war sie nicht selbst darauf gekommen? Jetzt, wo sie es wusste, waren die Anzeichen dermaßen klar, dass sie sich im Nachhinein wie eine Idiotin vorkam. Der Abend im Günthersburgpark stand wieder vor ihren Augen. Da war es passiert, kein Zweifel.

Ein Kind. Tausend Gefühle und Gedanken gingen ihr durch den Kopf. Das Einzige, was sie sicher wusste, war, dass sie das Kind wollte. Alles andere war völlig unklar. Kein Wunder, sie wurde von einer Minute auf die andere aus ihrer Welt der Arbeit mit ihren mehr oder weniger festen Regeln und Abläufen in eine völlig andere Welt katapultiert, eine Welt mit Kind.

Sie hatte keine Ahnung, was das mit ihr machen würde, ganz abgesehen davon, wie es finanziell weitergehen würde. Gerd würde sich bestimmt freuen, daran hatte sie keinerlei Zweifel, aber bisher war ihre Beziehung locker gewesen, mit zwei Wohnungen, viel Freiraum.

Sie gab sich einen Ruck, schließlich konnte sie nicht ewig im Auto vor sich hin grübeln. Vorläufig würde sie niemandem etwas sagen, auch Gerd nicht. Der hatte gerade genug Sorgen mit seiner Mutter und Schwester, und sie wollte das neue Gefühl erstmal für sich allein haben, vertraut damit werden.

Sie startete den Motor, fuhr zurück auf die Straße Richtung Museumsviertel zu Bettina Kirchhoff.

Auf ihr Läuten öffnete Bettina die Tür. Sie war nach wie vor krankgeschrieben und sah fürchterlich aus. Katja erschrak regelrecht. Sie nahm sie in den Arm und sagte ihr, wie leid ihr das alles tue. Bettina holte Gläser und eine Wasserflasche und sie setzten sich in den Garten. Es war angenehm schattig, die Hitze hielt Frankfurt nach wie vor im Griff

„Er war bei mir", begann Bettina zögernd. Katja sah sie erstaunt an.

„Wann war er bei dir?"

„Ich weiß, ich hätte es dir sagen müssen, aber er hat mir fest versprochen, sich zu stellen, er wollte vorher nur noch etwas Dringendes erledigen."

So ein Mist, ging es Katja durch den Kopf, wo waren die Kollegen gewesen, die das Haus hatten überwachen sollen, hatten die geschlafen? Was hätte ihnen das an Arbeit erspart und Robert Kirchhoff wäre noch am Leben!

„Mensch, Bettina, wie konntest du nur?"

„Ich weiß." Bettina stiegen Tränen in die Augen.

„Du hättest so viel verhindern können."

Zu mehr Kritik konnte sich die Kommissarin nicht durchringen. Bettina Kirchhoff war ja gestraft genug, sie hatte nicht vorausahnen können, was passieren würde.

„Was war denn mit den Kollegen in der Nacht, haben die deinen Mann nicht gesehen?"

„Er kam durch den Garten."

„Warum ist er gekommen, was wollte er?"

„Wir haben nur über Privates geredet. Er konnte nicht im Hotel bleiben, deswegen ist er zu mir gekommen."

„Und er hat nichts mehr erzählt, was für uns wichtig wäre? Keine Einzelheiten zu diesem Mann, der am Lago gestorben ist, nichts?"

„Nein, es tut mir leid, wir haben wirklich nur über uns geredet."

Nach einer Pause fuhr sie fort:

„Ich werde an den Lago Maggiore fahren. Die Polizei in Basel hat mich vorgeladen, es geht um Roberts Chef, diesen Mark Leander, da haben sie Fragen an mich. Vorher würde ich gerne in unser Haus fahren. Ich werde es verkaufen."

Ihre Miene war entschlossen, Katja konnte ihre Entscheidung verstehen. Nach dem, was alles passiert war, würde sie vermutlich keinen Urlaub mehr dort machen wollen.

„Willst du nicht mitkommen?"

Katja schüttelte den Kopf. „Ich muss arbeiten."

„Morgen ist Freitag, dann kommt sowieso das Wochenende, ich werde spätestens Montagabend wieder in Frankfurt sein. Die Beamten in Basel erwarten mich Montagmittag um 14 Uhr. Bitte, komm mit, es würde mir helfen."

Katja überlegte. Wenn sie Freitag noch kurz ins Büro ging, um alles Wesentliche zu regeln, konnte sie danach einfach Überstunden abfeiern, dann konnten sie Richtung Basel starten, so dass sie abends am See ankommen würden. Sie hätte den ganzen Samstag und Sonntag zur Verfügung. Bis der

Wagen von Robert Kirchhoff und die Unfallursache ausreichend untersucht wären, würde es sowieso dauern. Vor dem Wochenende würde sie bestimmt nichts Neues erfahren.

„Gut, abgemacht, ich komme mit."

Bettinas Gesicht erhellte sich, die Erleichterung war ihr anzusehen.

„Du musst eine offizielle Aussage machen, wenn wir zurück sind. Eigentlich müsste ich dich sofort mit ins Präsidium nehmen."

„Bitte, Katja, lass mich erst die Sache in der Schweiz regeln."

„Gut, abgemacht, aber nach der Reise kommst du sofort ins Präsidium!"

„Ja, natürlich."

Sie fiel der Kommissarin um den Hals, brachte sie dann zur Tür und winkte ihr nach.

Als Katja in ihr Auto stieg, fiel ihr auf, dass sie über die Umstände des Todes von Robert Kirchhoff gar nicht gesprochen hatten. Aber es stand ja so viel in der Zeitung. Vermutlich hatte Bettina keine Lust, weitere Details zu hören.

Sie wusste, dass sie Bettina Kirchhoff eigentlich sofort ins Präsidium hätte mitnehmen müssen. Aber sie lief ihr schließlich nicht davon. Ihr Mann hatte ihr ja nichts erzählt, was für die Ermittlungen relevant gewesen wäre. Aber war dem wirklich so? Sie kaute in Gedanken noch eine Weile auf diesem Punkt herum.

Während Katja zurück zum Präsidium fuhr, rief sie Gerd Reimers in den Praunheimer Werkstätten an und verabredete sich mit ihm für den Abend. Sie konnten zusammen essen und ein bisschen plaudern, das war alles in letzter Zeit viel zu kurz gekommen. Sagen würde sie ihm noch nichts.

60

Es war bereits dunkel, als Katja und Bettina das Feriendomizil erreichten. Die Fahrt war ohne größere Staus verlaufen. Bettina bat sie, erstmal mit ihr ins Haus zu kommen. Später könne sie zu sich hinübergehen, wenn sie lieber dort schlafen wolle.

Der Vollmond tauchte die Häuser und den See unterhalb des Dorfes in ein unwirkliches Licht. Während Katja das Schauspiel sichtlich genoss, kämpfte Bettina mit beklemmenden Erinnerungen. Sie fröstelte.

Katja war noch im Flur, als sie einen erstickten Schrei aus dem Wohnzimmer hörte. Sie lief zu Bettina. Die hielt einen Brief in der Hand, in dem sie las.

„Ein Abschiedsbrief?“

Bettina nickte. „Nicht nur, es ist ein Geständnis“, sagte sie mit erstickter Stimme. Während sie weiterlas, presste sie die Hand vor den Mund und schüttelte immer wieder den Kopf. Dann gab sie Katja den Brief.

Der erste Teil war an Bettina gerichtet. Kirchhoff bat seine Frau für alles um Entschuldigung, was er ihr angetan hatte. Es gab einen Hinweis auf den Safe, in dem sie wichtige Unterlagen finden würde.

Dann folgte eine kurze, aber detaillierte Aufstellung der Verbrechen, die gemeinschaftlich von Mondopharm, dem Neurologen Dr. Linderhaus sowie dem Pfleger Bernd Stelter begangen worden waren und die er bereits ausführlich in den Unterlagen beschrieben hatte, die der Kommissarin ins Präsidium geschickt worden waren.

Seine eigene Rolle beschönigte Robert Kirchhoff dabei nicht. Als die Kommissarin weiterlas, weiteten sich ihre Augen. „Hast du das gelesen?"

Bettina konnte sich denken, was Katja meinte, sie nickte nur. Robert Kirchhoff hatte auf Mark Leander geschossen, weil dieser seine Geliebte Elena Berton aus Eifersucht erwürgt hatte.

„Das gibt es doch nicht!"

Katja raufte sich die Haare. Mit dieser Wendung hatte sie nicht gerechnet. Wie sollten sie dem Pharmaboss den Mord nachweisen? Robert Kirchhoff hatte keinerlei Beweise geliefert. Mit der Beschuldigung alleine konnten sie wenig anfangen. Um die gesicherten Spuren und das Genmaterial vom Mord an Elena Berton mit genetischem Material und den Fingerabdrücken von Mark Leander vergleichen zu können, müssten sie gute Gründe beim Staatsanwalt vorbringen. Der Boss des Pharmaunternehmens würde alles an rechtsanwaltlichem Beistand auffahren, was ihm möglich sein würde.

Im Safe fand Bettina die Waffe, mit der ihr Mann Mark Leander nach eigenen Angaben angeschossen hatte, außerdem Geld und Bankunterlagen. Die Waffe nahm Katja an sich, den Rest überließ sie nach kurzer Durchsicht Bettina Kirchhoff. Es schien nichts dabei zu sein, was für den Fall Robert Kirchhoff noch von Bedeutung war.

Also hatte Robert Kirchhoff Selbstmord begangen.

Die beiden Frauen waren todmüde. Katja verabschiedete sich. Sie wollte lieber in ihrem Haus schlafen, in ihrer vertrauten Umgebung.

Am nächsten Morgen wachte sie früh auf. Sie zog sich etwas über, lief hinunter in den Garten, stützte die Arme auf den Zaun und schaute auf den See, so wie sie es immer tat nach dem Ankommen.

Es war Samstag. Erste Segelboote zogen ihre Linien, der Himmel war knallblau, die Bergkuppen stachen scharf davor ab, der vertraute Geruch nach Kräutern stieg ihr in die Nase. Eine Katze kam die Treppe von der Garage herunter und strich um ihre Beine.

Katja fühlte plötzlich eine Freude und Leichtigkeit in sich, die sie lange nicht mehr gespürt hatte.

61

Bettina Kirchhoff sollte eine letzte Aussage machen. Katja hatte sie gebeten, zu ihr ins Präsidium zu kommen, um alles aufnehmen. Bettina musste unterschreiben und konnte wieder nach Hause gehen. Sie sollte endlich zur Ruhe kommen.

Azra gesellte sich zu ihnen, nachdem Bettina Kirchhoff angekommen war und Katja gegenüber Platz genommen hatte. Sie betrachtete deren Tasche. Katja war aufgefallen, dass ihre Bekannte an diesem Morgen viel besser aussah als vor ihrer gemeinsamen Fahrt an den Lago Maggiore. Durch die vielen Sorgen hatte sie offenbar abgenommen. Vielleicht lag es daran.

„So, dann wollen wir mal", sagte die Kommissarin und stellte Bettina ein paar offizielle Fragen über das, was sie bereits wusste. Azra tippte alles in den Computer.

Als sie fertig waren, sagte Azra:

„Eine schöne Tasche haben Sie da, wo haben Sie die denn gekauft?"

Bettina war aufgestanden, sie wollte zur Tür, zögerte und blickte zu Katja. Die fand die Frage merkwürdig. Sie warf ihr einen strafenden Blick zu. Aber Azra ließ sich nicht beirren.

„Haben Sie die Tasche in Italien gekauft? Die haben ja tolle Lederwaren dort."

Bettina sah hilflos zu Katja, die der Fragerei ein Ende bereiten wollte und Azra mit hochgezogenen Brauen darauf hinwies, dass Bettina jetzt sicher nach Hause wolle, nachdem alles erledigt sei.

Azra erwiderte ruhig ihren Blick. Dann wandte sie sich wieder an Bettina Kirchhoff.

„Waren Sie einkaufen bei Ihrem Trip nach Italien?"

„Ich war nicht einkaufen, dazu hatten wir doch gar keine Zeit, stimmt's Katja?"

Die Kommissarin beobachtete verwirrt die beiden Frauen.

„Was soll das, Azra, warum stellst du Frau Kirchhoff so merkwürdige Fragen?"

„Ich wüsste gerne, wie sie an die Tasche gekommen ist", beharrte Azra. „Sie soll mir einfach diese Frage beantworten."

„Na gut, von mir aus. Ich habe die Tasche im Internet bestellt. Sind Sie jetzt zufrieden?"

„Nein, bin ich nicht. Sie waren in letzter Zeit nicht in Italien zum Einkaufen?"

Langsam riss Katja der Geduldsfaden.

„Was ist los mit dir, Azra? Ich verstehe die ganze Fragerei nicht. Bettina war krank und nur das Wochenende mit mir zusammen im Tessin. Was willst du? Erkläre es mir bitte."

„Ganz einfach, diese Tasche gibt es noch nicht lange. Es ist eine Designertasche, sie wird in Mailand gefertigt und wurde bisher ausschließlich dort und in limitierter Stückzahl verkauft."

Sie sah Bettina Kirchhoff durchdringend an.

„Sie müssen also in Mailand gewesen sein."

Bettina war blass geworden.

„Ich sagte Ihnen doch, dass ich sie über das Internet bestellt habe."

Ihre Stimme war patzig, aber auch etwas anderes hörte Katja heraus: Bettina hatte Angst!

„Das stimmt nicht! Man kann die Tasche nicht übers Internet bestellen."

„Woher weißt du das?", fragte die Kommissarin überrascht.

„Ich liebe nicht nur Schuhe, sondern auch Taschen. Ich habe einen Blog. In dem schreibe ich ständig über die neuesten Schuh- und Taschenmodelle der Welt. Ich bin mit vielen vernetzt, die mich rechtzeitig auf alles Neue aus der Branche aufmerksam machen. Mit dem Hersteller dieser Tasche stehe ich zum Beispiel in direktem Kontakt. Das Modell kostet weit über 5000 Euro, niemals könntest du es übers Internet bestellen. Also noch einmal meine Frage: Wie kommt Frau Kirchhoff an diese Tasche, wenn sie nicht in jüngster Zeit in Mailand war?"

Nur das leise Rauschen des Computers war in der Stille zu hören, die folgte.

„Bist du dir deiner Sache ganz sicher?"

„Ganz sicher."

Katja schaute Bettina an, die langsam zurück auf ihren Stuhl gesunken war.

„Was ist los, Bettina? Um Himmels willen rede, warst du in Mailand?"

Bettina nickte schwach.

„Wann denn, du warst doch krank."

Stockend begann sie:

„Als Robert bei mir war, in der Nacht, du weißt ja, da hat er fest versprochen, sich zu stellen. Er hatte Angst, durch die hohe Dosis Aluminium an Alzheimer zu erkranken, er hat mir sogar leidgetan. Am nächsten Morgen war er weg. Dann hat er mich noch mal aus Basel angerufen." Sie stockte.

„Ja und? Was hat er gesagt?"

„Er hat mir erzählt, dass er auf seinen Chef geschossen hat und warum. Ich habe ihn wieder angefleht, sich sofort zu stellen. Aber er wollte nicht mehr, er hat gesagt, er habe es sich anders überlegt. Er hatte einen Plan, wollte untertauchen, sich allem entziehen, das meiste Geld wollte er mitnehmen, ich sollte die Häuser behalten."

Sie schwieg.

„Was ist dann passiert?"

„Ich bin mit dem Zug nach Mailand gefahren und von dort mit einem Mietwagen zu unserem Ferienhaus. Ich wollte unbedingt persönlich mit Robert reden."

Sie begann zu weinen.

„Irgendwie hatte ich in der Nacht, als er bei mir war, wieder Hoffnung geschöpft. Ich dachte, wenn er im Gefängnis sitzt und seine Geliebte tot ist, könnten wir vielleicht doch noch unsere Ehe fortsetzen."

„Und, hast du deinen Mann angetroffen?"

„Ja", begann sie wieder stockend, „erst hat er sich sogar gefreut, mich zu sehen. Dann hat er mir aber seinen Plan erklärt. Er wollte einen Selbstmord vortäuschen und untertauchen. Er wollte sich jeglicher

Verantwortung entziehen, und, und ich würde ihn niemals wiedersehen. Dabei ging es ihm doch so schlecht. Die haben ihn doch vergiftet, weil er alles aufdecken wollte.“

Die letzten Worte waren von Schluchzen unterbrochen. Robert Kirchhoff hatte sich offenbar nicht entscheiden können, ob er im Leben zu den Guten oder zu den Bösen gehören wollte. Letztlich hatte er sich durch Flucht doch wieder aus der Affäre ziehen wollen.

„Und, was ist dann passiert?“

„Ich wollte ihn aufhalten, er sollte mit mir zur Polizei gehen.“ Sie zögerte wieder.

„Aber er weigerte sich, schickte mich fort. Ich war völlig verzweifelt.“

Katja ließ ihr Zeit.

„Draußen stand sein Auto. Und, und da stehen auch immer Gartengeräte, auch Schneidegeräte für die Bäume.“ Sie holte tief Luft.

„Ich habe einen Bremsschlauch an seinem Auto durchgeschnitten.“

„Du hast was?“, rief Katja entgeistert aus.

„Ja“, aber ich wollte ihn doch nur aufhalten, ihn nicht töten, er sollte einfach nur zu mir zurückkommen.“

Katja war fassungslos.

„Ich habe mal einen Schnellkurs über Autos besucht. Sie haben gesagt, wenn nur ein Bremsschlauch durchgeschnitten wird, passiert erstmal gar nichts“, sie schluckte.

„Er sollte doch nur Blechschaden haben, mich nicht schon wieder verlassen!“ Tränen liefen über ihr

Gesicht.

„Und wann hast du die Tasche gekauft?“, fragte Katja schockiert.

„Ich hatte noch Zeit, bis der Zug von Mailand nach Frankfurt zurückfuhr. Ich habe den Mietwagen abgegeben und bin zurück zum Bahnhof gelaufen. Unterwegs habe ich die Tasche in einem dieser sündhaft teuren Läden entdeckt und habe sie gekauft. Einmal im Leben wollte ich auch so ein teures Modell haben wie Robert es seiner Geliebten geschenkt hat. Er hat mir davon erzählt. Um die Zeit, als ich die Tasche gekauft habe, ist Robert wahrscheinlich gestorben.“

Sie weinte hemmungslos.

„Ruf einen Arzt!“, sagte die Kommissarin zu Azra.

In dieser Verfassung konnten sie Bettina Kirchhoff unmöglich in eine Zelle stecken.

Epilog

Die alte Holztreppe knarrte unter ihren Füßen und Katja musste daran denken, wie sie das erste Mal diese Treppe mit klopfendem Herzen hinaufgelaufen war. Von Anfang an hatte sie starke Gefühle für Gerd empfunden. Jetzt waren sie schon eine ganze Weile ein Paar. Und bald wären sie zu dritt. Es wurde Zeit, dass sie mit ihm redete.

Er hatte sie schon erwartet und nahm sie liebevoll in den Arm. Gerd hatte kaum Launen. Sein ausgeglichenes Wesen tat Katja gut. Sie wollten später, wenn es kühler wäre, zum Lohrberg hinausfahren und dort eine Kleinigkeit essen.

„Und, hast du alle bösen Buben hinter Gitter gebracht?“, scherzte Gerd. Dann, ernst werdend, wollte er alles über ihre Ermittlungsergebnisse erfahren. Katja begann mit der verblüffenden Wendung im Fall von Robert Kirchhoff. Sie hatte Bettina Kirchhoff total unterschätzt. Niemals hätte sie ihr die Tat zugetraut.

„Und wenn Azra nicht so schuhverrückt wäre und sich auch bestens mit Taschen auskennt, was ich gar nicht wusste, wäre ihre Tat niemals aufgeklärt worden. Verrückt – oder? Ich hoffe, sie bekommt ein mildes Urteil. Eigentlich ist sie mehr Opfer als Täterin.“

Gerd nickte. Er hatte Bettina am Lago ja kennengelernt und die Angst und Sorge um ihren Mann miterlebt.

Gerd hörte ihr weiter zu und stellte nur ab und zu

ein paar Fragen. Sie erzählte ihm, dass der Pfleger Bernd Stelter und der Neurologe Linderhaus noch in Untersuchungshaft säßen. Linderhaus wäre vermutlich bald wieder auf freiem Fuß, bis ihm der Prozess gemacht würde. Dann war es Sache des Gerichts, wie es seine Taten bewerten würde.

Anders sah es bei Bernd Stelter aus. Der saß hinter Gittern und würde so bald nicht mehr freikommen. Auch wenn etliche seiner vermutlichen Opfer eingeäschert worden waren, so blieben doch einige übrig, die obduziert werden konnten. Von dem Ergebnis der Obduktionen würde das Strafmaß abhängen.

„Und was ist aus diesem Pharmaboss in der Schweiz geworden?"

„Wir haben unsere Ergebnisse an die Schweizer Polizei weitergegeben. Die sind jetzt erstmal am Zug. Dieser Mark Leander liegt noch im Krankenhaus. Die Kollegen werden auf uns zukommen, wenn sie ihn verhört oder neue Erkenntnisse haben. Wir werden zusammenarbeiten müssen, um ihm den Mord nachweisen zu können. Ich kann mir nicht vorstellen, dass er freiwillig ein Geständnis ablegen wird. Inwieweit er Auftraggeber dieser irrwitzigen Versuche war, muss ebenfalls noch geklärt werden."

„Die Fälle haben dich ja ganz schön in Atem gehalten. Kein Wunder, dass du in letzter Zeit so blass bist. Es wird Zeit, dass wir mal wieder ein paar Tage am Lago genießen. Was hältst du davon?"

Katja spürte ihr Herz schlagen. Wieso fiel es ihr so verdammt schwer, ihm die Neuigkeit endlich zu sagen?

„Was ist? Hast du keine Lust, mit mir zu verreisen?“

„Das ist es nicht. Es wird vermutlich unser letzter Urlaub, äh, also, ich meine…“

Gerd sah sie verwirrt an.

„Also, ich meine, der letzte Urlaub nur mit uns beiden. Danach sind wir zu dritt.“

Gerd schaute immer noch völlig verunsichert drein. Es dauerte ein paar Sekunden, bis er endlich den Sinn ihrer gestammelten Worte verstanden hatte. Dann ging langsam ein Strahlen über sein Gesicht. Er schüttelte den Kopf, schnappte sich Katja, riss sie an sich und begann, mit ihr durchs Zimmer zu tanzen.

„Konntest du mir das nicht schneller sagen? Du hast mir gerade einen ganz schönen Schrecken eingejagt. Seit wann weißt du es? Wann ist es so weit?“

Gerd fragte alles auf einmal.

„Das besprechen wir in aller Ruhe bei einem schönen Essen auf dem Lohrberg. Was hältst du davon?“

„Einverstanden. Weißt du schon, was es wird? Wie wollen wir sie nennen? Oder hättest du lieber einen Sohn?“

Katja musste lachen. Er freute sich. Alles andere würde sich finden.

Danksagung

Mein ganz besonderer Dank gilt dem Autor *Bert Ehgartner.* Sein Buch „Dirty little secret - Die Akte Aluminium" hat mich sofort gefangen genommen und fasziniert. Vor allem seine Ausführungen über die Zusammenhänge zwischen Aluminium und der Alzheimerkrankheit ließen die Idee zu meinen Krimi „Denn sie wissen was sie tun" entstehen. Besonders danke ich ihm für sein Einverständnis, wissenschaftliche Erkenntnisse aus seinem Werk in meinen Roman einfließen zu lassen.

Herzlich danken möchte ich auch unserem Hausarzt Herrn *Uwe Thürmer*, der medizinische Passagen auf Plausibilität und Verständnis überprüft und mir wertvolle Ratschläge gegeben hat.

Außerdem danke ich meiner Lektorin *Christine Vaternahm*, die mein Werk kritisch unter die Lupe genommen und es von allem unnötigen Ballast befreit hat.

Besonders bedanke ich mich auch bei meinen Krimischwestern *Chris Böhm* und *Jule Schwachhöfer.*

Chris Böhm fand neben dem Verfassen ihres eigenen Krimis immer Zeit für Gespräche, Korrekturen und vor allem Ratschläge zu meinem Buch, wenn sich die Muse mal wieder nicht einstellen wollte. Wir konnten uns austauschen und gegenseitig Mut machen, was mir sehr geholfen hat.

Jule Schwachhöfer hat wie immer letzte Hand an das Manuskript gelegt, fachkundig jeden noch so kleinen Fehler aufgespürt und eine Reihe von sprachlichen und sachlichen Unstimmigkeiten bereinigt. Sie war mir mit ihrer Genauigkeit eine große Hilfe und gab mein Buch nach ihrer Endkorrektur für den Druck frei.

Ich danke *meiner Fam*ilie, die liebevoll und geduldig die einzelnen Stadien meines Krimis begleitet hat. Sie gab und gibt mir Rückhalt, Sicherheit und Feedback beim Schreiben und ist die erste und wichtigste Instanz für mich.

Und last but not least danke ich meinem ehemaligen Kollegen *Georg Kamnakis* für das Lesen meines Manuskriptes. Seine Meinung als langjähriger Redakteur war mir sehr wichtig.

→ Außerdem bei Uni**Scripta** erschienen

Kriminalromane (nach Erscheinungsdatum):

- **KALTHERZ** (Irmgard Schürgers, 2010)
  ISBN 978-3-942728-00-3
- **UNTERBELICHTET** (Peter Luyendyk, 2010)
  ISBN 978-3-942728-01-0
- **DER LETZTE BESUCHER** (Chris Böhm, 2011)
  ISBN 978-3-942728-02-7
- **IM KREIS DER ZWÖLF APOSTEL** (Wolfgang Ullrich)
  ISBN 978-3-942728-03-4
- **SOS – TOD AN BORD** (Karin Rödder, 2011)
  ISBN 978-3-942728-04-1
- **ALTLAST** (Gerhard Schrick, 2011)
  ISBN 978-3-942728-05-8
- **VERGESSENE KINDHEIT** (Monika Hoßfeld, 2011)
  ISBN 978-3-942728-06-5
- **TOD IN DER WETTERAU** (Jule Schwachhöfer, 2011)
  ISBN 978-3-942728-07-2
- **TODESKANZEL** (Astrid Hennies, 2013)
  ISBN 978-3-942728-10-2
- **OKTOBERNEBEL** (Erika Reichhardt, 2014)
  ISBN 978-3-942728-13-3
- **WER AUF RACHE AUS IST** (Jule Schwachhöfer, 2016)
  ISBN 978-3-942728-20-1
- **DER HARLEKIN (**Chris Böhm, 2017)
  ISBN 978-3-942728-22-5
- **WER AUF RACHE AUS IST** (Irmgard Schürgers, 2017)
  ISBN 978-3-942728-21-8

Historischer Roman

- **DAS ENDE DES FEGEFEUERS** (W. Ullrich, 2015)
  ISBN 978-3-942728-18-8

UniScripta

Kurzgeschichten

- **ZWISCHEN DEN WELTEN** (Peter Luyendyk, 2012)
  ISBN 978-3-942728-11-9
- **BIS AUF HEITERES** (W. Ullrich/G. Schrick, 2012)
  ISBN 978-3-942728-12-6
- **MANN-O-MANN, FRAU-O-FRAU** (Schürgers/Luyendyk)
  ISBN 978-3-942728-14-0
- **ODE AN DIE FREUDE** (Peter Luyendyk, 2015)
  ISBN 978-3-942728-19-5
- **MAIN HAUPTBAHNHOF** (10 UniScripta Autoren, 2014)
  ISBN 978-3-942728-16-4

Theater

- **SPIEL(e)ABEND** (Astrid Hennies, 2011)
  Ein Theaterstück
  ISBN 978-3-942728-09-6

Lyrik

- **ÜBER EINEM ALBATROS** … (Gerhard Schrick, 2014)
  Gedichte und Zeichnungen
  ISBN 978-3-942728-17-1

Kinderbuch (8-12 Jahre)

- **WENN DER ELEFANT BLINZELT…** (M. Hoßfeld)
  ISBN 978-3-942728-15-7

UniScripta